Nathal

Ultra-Proust

Une lecture de Proust, Baudelaire, Nerval

La fabrique
éditions

ISBN : 978-235872-161-5

La Fabrique éditions
64, rue Rébeval
75019 Paris
lafabrique@lafabrique.fr
www.lafabrique.fr
Diffusion : Les Belles Lettres

Ultra-Proust

Sommaire

Pour un O.O.P., Oubli Obligatoire de Proust, pendant un demi-siècle.

— Tu l'aimes pas beaucoup, Proust ?
— Il est tellement couvert d'amour... Il a tellement été aimé... depuis un siècle... Tu te demandes comment un petit baiser supplémentaire peut bien se loger sans se noyer dans ces litres de salive déposés depuis tant de temps... Ou alors tu te demandes ce qui peut bien encore respirer sous une telle quantité d'amour ! Comme s'il avait prévu l'étouffement auquel ce qu'il a écrit allait devoir faire face, par son asthme.
— Un asthme prémonitoire !
— Trop c'est trop.
— Au fond, c'est plutôt les proustiens que t'aimes pas !
— Mais comment veux-tu séparer le Proust d'aujourd'hui de ce que les proustiens en ont fait ?
— C'est le Proust de *La Recherche* ! L'amour de *La Recherche* est indivisible !
— Il aurait dû couper dans les réceptions... Dans *Guermantes*... Tu sens qu'il y a un travail éditorial qui n'a pas été fait... Mais je peux pas dire ça !
— Ça non. Tu ne peux pas parler de *La Recherche*

comme ça. De toute façon, tu n'es ni proustienne, ni spécialiste.

— Je ne peux pas.

— C'est tout bonnement impossible.

— En même temps, on voit bien, dans le *Sainte-Beuve*, qu'il est en train de choper ce sur quoi il cherche à mettre la main… et le sentiment qu'il a que c'est la dernière limite… que s'il attend encore ne serait-ce qu'une matinée il ne pourra plus… que ça demande tout de même, ce sur quoi il vient de mettre la main, non seulement des capacités cognitives spéciales (j'ai écrit un texte là-dessus, sur l'idée qu'un poète moderne se doit de posséder des capacités cognitives spéciales, et lui-même, Proust, explique que si la sensation est supérieure à l'intelligence, il lui faut cependant l'intelligence pour la ressaisir), mais une discipline de travail, une discipline personnelle, l'entrée dans une autre forme de vie, comme on dit aujourd'hui, c'est-à-dire une conversion… On ne peut écrire ce qu'il a écrit dans le temps qui lui était imparti, qu'il savait lui être imparti, sans conversion… une conversion à la littérature… Et c'est là que commencent les problèmes… En tout cas, mon problème.

— Tu ne t'es pas convertie à la littérature ?

— Je pense que ce n'est pas un service à rendre à la littérature.

— Ah, donc tu t'es un peu convertie à la littérature, mine de rien, puisque tu penses que ce n'est pas

rendre un service à la littérature que de se convertir à la littérature ! Service-service !
— Tu connais des gens, autour de toi, qui ne soient pas convertis à la littérature ?
— Bah, tu dis toi-même que les amphis de lettres sont au mieux occupés par une demi-douzaine de jeunes filles ayant échappé aux classes passerelles et que sur les chaises du festival de biiiiiiiiiip la moyenne d'âge est de soixante-cinq ans !
— Justement. Si tous ceux qui n'y vont pas n'étaient pas convertis à la littérature, ils peupleraient les amphis et le festival de biiiiiiiiip de manière bien plus harmonieuse, et moins heurtée. Si on ne les y voit pas, c'est bien qu'ils adhèrent sans discussion à une certaine idée de la littérature, celle que Proust définit pour lui-même dans la dernière partie du *Contre Sainte-Beuve*, sa « Conclusion »... pour lui-même, en sautant cela dit au « nous »... en passant de la première personne du singulier à la première personne du pluriel... Et dans ce « nous », il embarque tous les écrivains... les écrivains à venir... et ceux du passé qu'il admire... Jusque-là tout va bien...
— Toi aussi, tu voudrais que tout le monde pense comme toi !
— Attends ! Tu crois qu'on fait comment, quand on est en minorité ? Attention ! Je ne me compare pas à Proust ! Mais quand tu lis sa correspondance, et toutes ses circonvolutions, et tous les cheveux qu'il se faisait à propos de son article, et est-ce

que mon article va être pris ou pas, et faut que je prenne rendez-vous avec Calmette, ou non, avec son secrétaire, ou non, avec la sœur du secrétaire de Calmette…

— Et est-ce que je ne devrais pas faire un cadeau au secrétaire de Calmette… Non ! À Calmette, via son secrétaire…

— Exact !... Et donc, quel cadeau ? Non mais tu imagines ? Quel cadeau peut être élégant sans être obséquieux, chic sans être tape-à-l'œil – du chic juste… Quel éventail, quel stylographe, quelle boîte, quel porte-cigarettes… Compagnon raconte ça, l'histoire du porte-cigarettes… Il a plein d'anecdotes ! C'est truffé d'anecdotes, forcément, la vie de Proust ! Et tous les lecteurs de Proust ont envie de connaître des anecdotes sur la vie de Proust ! Ils en ont rien à carrer du *Contre Sainte-Beuve*, ils veulent savoir… Est-ce que le porte-cigarettes était comme ci, ou comme ça, est-ce qu'il était mordoré, avec des poils, etc. En fait, il était en *moire noire*, avec un chiffre en brillants, de chez Tiffany… Compagnon raconte ça…

— Compagnon… *le* Compagnon ?

— Compagnon, le ponte de la Sorbonne ! Il donne des conférences où *tous* les sièges sont pris. Y a même pas de quoi glisser un porte-cigarettes de chez Tiffany entre les fessiers des auditeurs. Et donc, j'ai googlisé « porte-cigarettes Tiffany » pour me faire une idée de ce fameux porte-cigarettes, en particulier la *moire noire*… Imagine qu'il a quand même passé le mois de janvier 1913 sur ce porte-cigarettes… Mais à *moire noire*, je n'ai trouvé qu'une page d'images de baskets… des baskets noires, de marque…

— Ça te rend idiote, cette commande.

— C'est avec ce porte-cigarettes qu'il pensait avoir peut-être la possibilité de s'attirer l'attention de Calmette afin de voir publier son article, raconte Compagnon… Alors tu sens bien que Proust n'est pas en position de force ! Et toutes les moqueries ! Ah oui l'autre, avec ses duchesses… moi, ça ne m'intéresse pas, les duchesses… Et sa phrase ! Son premier lecteur de comité de lecture ! Ah non mais on en est à peine au milieu qu'on a oublié le début, alors comment voulez-vous qu'on atteigne la fin… Y en a quand même un paquet qui ont dû se foutre de sa gueule, à l'époque… ce petit snobinard… ce salonnard… ce mondain qui se prend pour un écrivain et patati… Alors il était important pour lui-même, et contre les autres, c'est-à-dire contre la conception dominante de la littérature nommée Sainte-Beuve, de tenter de cerner une « esthétique », soit de poser, dans la langue même qu'il s'est trouvée, et comme une trouvaille supplémentaire peut-être, des lignes d'assise, une chaire de laquelle cela s'écrit et que cela superviserait si ce n'était pas d'ores et déjà cuit dans la papillotte… pardon la paperolle… dans la phrase, quoi…

— Ça fait partie de l'histoire de la littérature, en somme. Mais tu n'es pas historienne de la littérature.

— D'une part, ça fait partie de l'histoire de la littérature, d'autre part, ça n'en fait toujours pas partie, puisque la conception générale qu'on se fait de la littérature aujourd'hui est celle de Proust, qui donc n'est pas encore vraiment *entrée* dans l'Histoire. Ce qui est important, ce sont les conceptions encore actives, même si elles datent du XIXe. Tu sais, l'idée de la littérature qui a dominé en France jusqu'aux années 1950, c'est celle de Sainte-Beuve. Moi-même, je me souviens qu'au lycée, dans les années 1980, on avait encore les Lagarde et Michard, on lisait la vie de Rimbaud dans le Lagarde et Michard, « de l'adolescence on discerne chez lui les troubles, l'intransigeance, la soif d'absolu », en italiques dans le Lagarde et Michard... C'est marrant... parce que je me souviens pas de beaucoup de mes collègues de l'époque comme intransigeants ou ayant la soif de l'absolu... Enfin bref, les choses ne se succèdent pas logiquement comme ça l'une après l'autre sagement... On est encore sous domination Sainte-Beuve ET Proust. Qu'est-ce qui nous intéresse chez Houellebecq ? Le nom de son chien – non ? Je suis sûre d'avoir lu le nom de son chien quelque part... Tu te souviens du nom de son chien, celui qui est mort ?

— Là, c'est Sainte-Beuve, pas Proust.

— Les amateurs de littérature ne peuvent pas se contenter de la version Sainte-Beuve, c'est trop vulgaire.

— Pourtant, l'histoire du porte-cigarettes...

— Du porte-cigarettes de chez Tiffany, en moire noire, avec un chiffre en brillants. Et puis la version Sainte-Beuve est sous cache, ou sous protection… En tout cas, elle n'est plus seule… elle est équipée. La version Sainte-Beuve est équipée par celle de Proust, comme celle de Proust est équipée par celle de Barthes, croit-on.

— La version Proust est tellement intégrée qu'on n'y voit même plus la version Sainte-Beuve embarquée ?

— Dans les conférences sur Proust, ou sur n'importe quel grand écrivain, la version Sainte-Beuve fonctionne comme un moment de détente… Les bons profs savent jouer de ça… C'est « exigeant », et nous savons tous que nous sommes là réunis dans l'exigence, et même que c'est l'exigence qui nous réunit, mais au fond nous sommes un peu comme tout le monde, nous avons nos faiblesses, n'est-ce pas, nous avons besoin d'un petit moment de détente, d'un intermède, et cet intermède, tiens, je m'en vais vous l'offrir, je vais vous parler de Gaston Calmette, et du porte-cigarettes que Marcel lui a offert, en janvier 1913, pour espérer voir publier son article dans *Le Figaro.* L'anecdote du porte-cigarettes ne se soutient que de ce que personne, dans la salle, n'ignore que la bonne version de la littérature, c'est celle de Proust : l'effort inouï du grand écrivain, un effort solitaire, pour descendre en lui-même et en remonter, en révéler pour tous ce qu'il appelle le « moi profond », par opposition au moi mondain et superficiel de Beuve, cette « vie intérieure ambiante » dont seul l'écrivain de génie est capable de rendre compte parce qu'il est précisément le seul à la cultiver et à la développer dans l'écriture, ces « dimensions inexplorées de l'âme humaine », comme le reformule un célèbre journaliste littéraire, à la télé, en 99.

— C'est daté, quand même.

— C'est vachement daté. C'est même périmé. Mais on est dans une démocratie périmée, et est-ce que ça nous empêche de vivre ? Là où Marcel a été refait, c'est que c'est précisément quand son œuvre est reconnue en tant que telle par tous (la critique, l'université, le public des lecteurs), c'est-à-dire s'est émancipée de l'emprise autobiographique, quand on a conscience que ça ne se résume pas au portrait d'un monde disparu, aux duchesses, c'est précisément à ce moment-là, donc, qu'arrive la télé et sa quête éperdue des derniers témoins – « Quel était le quotidien de Marcel Proust avec sa gouvernante Céleste Albaret ? » demande Jean Cocteau, en noir et blanc, dans les années 1960, sur fond de musique de film hollywoodien.

— La preuve que Jean Cocteau est un génie, c'est qu'il a connu Marcel Proust.

— Je suis pas sûre que ce soit juste pour se la péter. Sans doute ne viendrait-il pas à l'esprit de Cocteau de passer sous silence ses rencontres avec Proust, moins à des fins publicitaires que parce que la littérature, pour lui, c'est aussi ça ; pour lui et pour ceux qui l'entourent, pour nous, qui sommes de près ou de loin en relation avec la littérature – ici, le milieu littéraire –, la littérature, c'est la rencontre de Cocteau et de Proust, ce sont les cours de Compagnon, c'est l'écoute de Compagnon, ce sont les dédicaces dans les salons du livre, les notes de lecture, les papiers dans la presse, les blogs, les festivals, les bouquins qu'on se raconte et qu'on échange… tant qu'on est persuadé que le fin du fin, c'est le style. Là-dessus, on ne transigera pas. On a soif d'absolu, en matière de style. C'est le message ultime, sur la littérature, y compris à la télé.

— Je ne savais pas qu'on causait stylistique à *On n'est pas couché*.

— Par exemple, Natacha Polony, parlant de Proust à ONPC[1], énonce l'essentiel de ce qui est dit de la *Recherche* par les proustiens en 2017, y compris Compagnon. Elle dit ce que dit Compagnon, et elle le dit parfois aussi bien que lui, et elle est épaulée en cela par les connaissances exactes des Enthoven, qui ont fait paraître leur dictionnaire en 2013[2].

— Je ne savais pas que c'était aussi raffiné, ONPC.

— Dès qu'on parle de Proust, n'importe quelle émission de télévision se change en plateau de duchesses, où les animateurs et leurs invités se métamorphosent sous les yeux ébahis des téléspectateurs et téléspectatrices en duchesses. Avec un talent et une sophistication lexicale qui font plaisir à entendre, Enthoven fils évoque l'univers « râpeux et floral » déployé par Marcel, cependant que Enthoven père évoque les 367 sortes de fleurs mentionnées dans la *Recherche*.

— Ils se complètent. En fait, ils n'ont même pas besoin de parler stylistique ni conception proustienne de la littérature, il leur suffit de les incarner en plateau, un plateau d'amateurs de littérature. Et tout le monde est à l'aise ?

— Personnellement, je n'étais pas très à l'aise en regardant l'émission.

— Tu as fait des études de lettres, pourtant !

— Bah oui, mais les profs ne se transforment pas tous en duchesses quand ils enseignent Proust. Forest[3], par exemple, n'apparaît pas en perruque.

— Mais sa version est la même que celle d'ONPC ?

— Pas tout à fait. En tout cas, il essaye, mais ça n'a rien d'évident. Il s'appuie sur le dernier tome, celui sur la Première Guerre mondiale, *Le Temps retrouvé*... pour tenter de tirer l'œuvre vers... d'y révéler pleinement sa dimension morale et politique... voire sociale et politique... En 2014, il ne peut décemment pas faire autrement... et puis, sur deux mille pages, ce serait quand même un comble que Marcel, avec le sens de la digression et de l'épanorthose[4] qui le caractérise, n'ait pas glissé au moins une phrase qui interroge sa conception, plutôt idéaliste, de l'art – seule possibilité de rédemption dans le bordel qu'est le monde, une fois liquidé Dieu. En effet, Forest en repère une, dans ce dernier tome : « Ne sacrifiez pas des hommes à des pierres, dont la beauté vient justement d'avoir fixé des vérités humaines », écrit-il, faisant allusion aux cathédrales détruites par les Allemands. Pour Forest, c'est l'indication d'une réserve, et même d'une protestation… contre un certain esthétisme… celui qu'on prête à Proust dans ONPC. Or, dans ce même tome, à peine deux pages avant, la même chose est dite en un peu moins bien par le baron de Charlus : « Est-ce qu'une ville qui n'aura plus de beaux hommes ne sera pas aussi comme une ville dont toute la statuaire aurait été brisée ? », et il continue « Quel plaisir puis-je avoir à aller dîner au restaurant quand j'y suis servi par de vieux bouffons moussus, etc. », sur un ton qu'on imagine tout de même un peu « vieille folle » (dans ces mêmes pages, le narrateur fustige ces voix d'homosexuels qui ne parviennent jamais à s'accorder, à trouver le ton juste – est-ce l'une des raisons, et non la moindre, pour laquelle il est l'un des rares hétérosexuels du livre, parce qu'il est le seul à être en quête d'un accord vocal qui sonne juste dès la première phrase du livre ?), ce qui fait qu'une quasi-caricature du propos du narrateur est placée dans la bouche d'un personnage et l'anticipe, induisant une lecture rétrospective de la phrase juste lue comme *une reprise de la phrase de Charlus*, cependant que la phrase du baron devient en quelque sorte prospective, annonçant sa rectification par celle du narrateur. Il y a un autre exemple assez amusant, c'est le coup du croissant de la Verdurin, une parodie de la madeleine du narrateur : on est en pleine guerre, et elle souffre de ne plus avoir de croissants pour soigner ses migraines (ce qui est quand même du grand n'importe quoi), et c'est là que parvenue à se procurer enfin l'objet de son désir, la « saveur du croissant » fait monter sur sa figure un air « d'une douce satisfaction » ! Tout ça pour dire que je ne peux souscrire à ce qu'écrit Barthes, dans le paragraphe de « La moire », dans…

— La moire !

— … son *Sade, Fourier, Loyola* de 71, quand il compare le texte, c'est-à-dire le tissu, proustien au tissu sadien : « de même qu'il est possible de distinguer dans une étoffe calandrée plusieurs motifs, d'en isoler et d'en suivre un en oubliant les autres, au gré de l'humeur, de même on peut lire Sade, Proust, en “sautant”, selon le moment, tel ou tel de leur langage (je puis, ce jour-ci, lire le code Charlus et non le code Albertine, etc.) », eh bien, je tiens que si l'on procède de cette façon, on rate le travail du texte, qui consiste en littérature à mettre en relation ce que nous percevons et concevons le plus souvent comme séparé, et que c'est même ce tissage constant des codes, qui renvoient sans cesse les uns aux autres en se contestant, dès lors en s'auto-contestant, qui valide, ou disons validerait, le fait que la *Recherche* soit un ouvrage de gauche, selon Roland Barthes lui-même, qui fait de la « description et l'analyse profonde d'une situation historique donnée» l'un des critères du roman «de gauche». Or, on ne peut décrire et analyser une situation historique donnée qu'en révélant des rapports in-sus, inouïs ou inaudibles, invisibles jusqu'alors – ou insuffisamment établis. Aussi, quand Barthes affirme que sa lecture à saute-moutons «débarrasse» la lecture de la *Recherche* de tout ennui, pourrait-on en déduire qu'au contraire elle n'est pas sauvée de l'ennui, parce qu'on ne peut qu'être sensible aux échos incessants d'un code à l'autre, d'une langue à l'autre, s'embrouiller, se fatiguer, se lasser, et reprendre plus tard ou ne pas reprendre. Cela dit, d'une certaine manière, la *Recherche* n'est ni de droite, ni de gauche, sans être centriste; la «position politique» de Proust est indécidable: d'une part, en faisant de la *Recherche* une histoire de rapports sans cesse en construction et en mouvements – mieux: des rapports qui ne cessent de s'inverser (Odette devient Mme Swann, Mme Verdurin devient princesse de Guermantes) –, il barre la route au fétichisme, rien ne se fixe, tout se transforme; d'autre part, en établissant un répertoire de personnages et en surexcitant dans le texte une sensibilité sensible, il arrange gracieusement les futurs plateaux de duchesses auxquels nous assistons plus ou moins dépités depuis trente ans.

— C'est mort, alors?

— Il vaut mieux inventer autre chose à côté. Tu vois, il y a ces deux mille pages de la *Recherche*, qui sont prises. Les lectures fraîches passent inaperçues ou presque. Il faudrait déclarer l'O.O.P. : un Oubli Obligatoire de Proust pendant un demi-siècle.

— C'est mal parti, parce que tu es en train d'écrire dessus, je te signale.

— Ça n'aura aucune conséquence. La machine est emballée. Les petits équipements de survie sont strictement individualisés ; chacun sa madeleine.

— Mais si ça sort chez un éditeur d'extrême gauche, qui lit de la littérature, est-ce que ça ne pourrait pas… ?

— On verra.

— Alors, il ne faut plus enseigner Proust à la fac ?

— Je ne sais pas. Ça ne peut pas faire de mal. Ça ne peut pas faire de bien non plus. C'est égal, sans doute.

— Tu as dit que Forest n'était pas une duchesse.

— Ah non, il est sobre. Il parle de Proust comme il parlerait de Stendhal ou de Balzac, ou de quelque chose de très usé mais là. C'est très bien. Presque jusqu'à la fin.

— Presque ?

— C'est qu'il achève, assis devant son pauvre tableau de fac, l'un de ces tableaux verts à craies qu'on a ôtés des collèges depuis quinze ans, sur le même mot que les Enthoven : *bonté*. Compassion, pitié, bonté. Marcel était un homme bon, « le meilleur ami du genre humain ». « Quand on sort d'une vraie lecture de Proust, on ne peut pas être un salaud », s'aventure Enthoven père. Ce qui induit un certain nombre de choses. La première, que lui-même n'est pas un salaud, puisqu'il a vraiment lu Proust. La deuxième, que ceux qui n'ont pas lu Proust sont plus exposés à la saloperie que ceux qui l'ont lu. La troisième, qu'il y a de vraies lectures de Proust, et donc des fausses, si bien que les salauds qui ont lu Proust ne l'ont en vérité pas vraiment lu. La quatrième, que la vraie lecture de Proust est la sienne. La cinquième, que la seule lecture à garantir de la saloperie est une lecture consolante, esthétisante et dégagée de Proust, écrivain qui déploya « un univers râpeux et floral » et mentionna 367 sortes de fleurs dans un long livre dont les « constantes horticoles » « donnent plus à sentir que n'importe quelle œuvre » et constitue « un bréviaire de l'esprit français[5] ».

— Laisse tomber. C'est mort. Reste plus qu'à épousseter le pollen sur son col avant de pénétrer dans le vestibule.

— Je me demande… « le meilleur ami du genre humain », je me demande si ce n'est pas une allusion à Rousseau… au texte que Rousseau, l'inventeur de l'autobiographie moderne, écrit à propos d'Alceste[6]. Notre bon Proust, plutôt que le révolutionnaire paranoïaque Rousseau.

— C'est injuste.

— C'est vrai que c'est injuste pour cette petite garce de Marcel, qui n'a vraiment épargné personne et les aurait tous épinglés au mur.

— Proust, l'abbé Pierre du roman moderne.

— Évidemment, ce n'est pas du tout la version de Barthes.

— Manquerait plus que ça !

— Barthes, dans les années 1950, donne deux-trois clés pour comprendre comment Proust, à son avis, fusille la littérature, ce rituel des Belles-Lettres auquel renvoie le plateau des amateurs. D'abord, il purge en partie la *Recherche* du passé simple qui, dit Barthes, « signale toujours un art ». Il y a des passés simples, dans son long livre, mais le temps dominant, c'est l'imparfait, le temps de la suspension dans le temps, qui repousse sans cesse le moment d'en finir par le point, avec le point final, c'est-à-dire avec la décision finale d'en finir avec la phrase et d'y mettre un terme, c'est-à-dire de l'ordre, « un bon ordre à tout ça ». Le point final est ce qui ordonne la phrase, rétrospectivement. La phrase de Marcel est dans une indécision et une instabilité sans répit, sans repos, toujours dans l'inquiétude et le refus d'en finir avec elle-même. Mais le problème, c'est que le narrateur, *id est* au bout du compte Proust, tartine son texte de subjonctifs imparfaits – et ça, ça signale toujours un art, en 1917.

— On n'en sort pas ! Mais par exemple, les jeunes romanciers d'aujourd'hui... ils n'« artialisent » pas leurs bouquins, eux ?

— Déjà qu'on est en train d'artialiser tout le territoire... Y a guère que les banlieues qu'on a du mal à articiser ou patrimonialiser, et pour cause, mais ça va venir ! C'est assez simple d'interdire un lieu à la circulation non payante, c'est-à-dire au public, et de le mettre sous surveillance... il suffit qu'il soit labellisé, comme le bon beurre ou la cancoillotte de Dole.

— Enfin bon, ça a quand même évolué, tout le monde ne cherche pas à faire dans les Belles-Lettres ou dans le compte rendu propret.

— Y a même de l'indignation qui monte, mais retenue.

— Des bons polars vendus sous la couv' blanche de Gallimard, ça brouille les pistes !

— C'est aventureux !

— On met des mots du vocabulaire des quartiers, comme dans le rap !

— On décrit des situations bien précaires !

— On fait gaffe au peuple !

— On traîne chez Aldi, pour faire des reportages !

— On est dans l'enquête, pas dans le truc gratuit !

— On culpabilise !

— Bon, faut dire qu'il suffit d'un numéro d'ONPC sur Proust, et tout repart à zéro...

— C'est comme si on avait pissé dans un violon...

— Le violon de Morel[7].

— C'est ça. La littérature, en 2017, c'est comme de pisser dans le violon de Morel.

— Hors jeu.

— En même temps, c'est normal que ce soit hors jeu, dans une démocratie périmée ; ça va ensemble.

— Le roman, par exemple, il est sous dialyse depuis...

— 49. 1849. Tout le monde s'accorde sur la date. *L'Éducation sentimentale* a lieu d'ailleurs de part et d'autre de cette date. Le jeune Frédéric, romantique un peu niais, a son bac en 1840.

— La poésie, 1871.

— Pas sûr. 71, c'est l'année de la destruction de la poésie, c'est-à-dire l'année poétique par excellence, l'année de la grande conjonction… ou comment on dit, maintenant ? Ah oui : convergence. C'est l'année de la grande convergence. Lautréamont, Rimbaud, Ducasse. Préparé par Cœurderoy[8] ! Et par tout le romantisme dit « frénétique » des années 1830/40. Cœurderoy est poète, encore. Ensuite, c'est autre chose.

— ONPC ?

— Voilà. Juste après Cœurderoy, c'est direct ONPC, sans solution de continuité. C'est Flaubert qui ahane. Et dès lors, c'est toujours toujours la même question, passée comme un relais, celle de la valeur d'usage – valeur d'usage de Sade pour Bataille, valeur d'usage de Bataille pour Prigent[9], etc. À quoi ça sert ? Qu'est-ce qu'on peut en faire ? La question qu'on posait aux classiques. Une question posée pour mémoire, parce qu'on sait tous que la littérature, ça sert d'abord à passer son bac de français.

— Cette question… Qu'est-ce qu'on peut en faire… elle aurait été pour ainsi dire sabordée par la question structurale « Comment est-ce que c'est fait »… la question du poéticien, qui l'aurait emporté dans les années 1970 – pense-t-on, aujourd'hui. Mais cette question-là : Comment est-ce que c'est fait ? n'est pas séparable de la question sociale et politique telle qu'elle se pose dans ces années-là, et même, elle ne peut être posée avec profit (comme elle l'a été dans les années 1970) qu'à condition d'être en instance de révolution : c'est ça qui donne toute légitimité pour « tuer l'auteur », comme l'ont fait Barthes, Foucault et le Blanchot[10] des années 1968 à peu près en même temps, pour considérer la littérature comme un texte anonymé infini, et opérer le partage entre style et écriture – le style, c'est ce qui ne surprend pas ; c'est ce qui ne fait pas événement ; c'est le *statu quo*. Comment est-ce que c'est fait ?, dans les années 1970, permet de continuer à demander Qu'est-ce qu'on peut en faire ? Transportée dans les années 1980 et au-delà, Comment est-ce que c'est fait ? devient de la pure mécanique. C'est que le poéticien est arrimé à une époque historique donnée. Quand elle passe, il faut changer de question.

— Et alors… la question pour aujourd'hui ?

— *Et toi*, qu'est-ce que tu en fais, de la littérature, de *toutes* les littératures, de Proust comme de Marx ? Comment tu vas faire pour écrire et pour vivre sans pour cela le faire en *style révolutionnaire* ?

— Il pourrait très bien y avoir un numéro d'ONPC sur le *style révolutionnaire*, après tout, en fringues et en littérature…

— Tout est là pour ça. L'expo *Soulèvements*[11] juste après le mouvement social du printemps 2016, un must !
— Le bouquin de Macron[12], *Révolution*.
— Les ateliers « slogans » du centre Pompidou…
— En même temps, c'est pas grave.
— C'est tellement périmé, ça aussi.
— Qu'est-ce que tu veux que ça empêche, qu'est-ce que tu veux que ça retienne…
— Ça vaporise une atmosphère bien pourrie, quand même, bien décourageante, des fois…
— Personnellement, dans ces cas-là, je lis Peuchmaurd[13], *Plus vivants que jamais*.
— Moi je lis les investigations littéraires de Coste, *Explore*[13].
— Tu as lu le dernier Wahnich[15] ?
— Pas encore. Faut que je termine le Rimbaud de Kristin Ross[16], avant.
— « Démocratie », de Rimbaud ! le meilleur texte sur la démocratie ! toutes catégories confondues !
— Hier, je tombe sur ce passage insensé de Reclus…
— É-li-sez Re-clus !
— Ah oui, élisons Reclus… Et donc, ce passage où il raconte la construction du tunnel du Saint-Gothard[17], et toutes les économies qu'ils ont faites pour les actionnaires, et tous les morts, parce que du coup les ouvriers crevaient dans ce tunnel… C'est ce tunnel qui a propulsé la Suisse, en facilitant la circulation des marchandises. Reclus

raconte comment il était sans cesse agrippé par des mômes en guenilles et pieds nus, pour un sou...

— Tu connais une lecture de Kafka qui soit pas mélancolico-absurdo ?

— Le bouquin de Casanova. *Kafka en colère*[18].

— Et *Utopia*, de Bernadette Meyer[19] ?

— Ça, c'est la grande classe.

Notes

1. https://www.youtube.com/watch?v=u4030ur2BoY

2. Jean-Paul et Raphaël Enthoven, *Dictionnaire amoureux de Marcel Proust*, Paris, Plon, 2013.

3. On peut voir et entendre Philippe Forest donner un cours sur Proust à l'université de Nantes en 2014 : https://www.youtube.com/watch?v=6vmZxA425lc

4. C'est une figure de style qui consiste à immédiatement corriger ce que l'on vient d'écrire, par exemple : « Ta baraque, je veux dire, ta propriété ».

5. Ces dernières phrases citées sont de Brice Couturier, alors journaliste sur France Culture.

6. Jean-Jacques Rousseau, *Lettre sur les spectacles*, 1758.

7. Charles Morel, personnage de la *Recherche* et fils du valet de l'oncle du narrateur.

8. Ernest Cœurderoy, *Hurrah!!! ou la révolution par les cosaques*, 1854.

9. Christian Prigent, *La Langue et ses monstres*, première édition 1989, réédition P.O.L., 2014.

10. Jean-François Hamel, *Nous sommes tous la pègre*, éd. de Minuit, Paris, 2018.

11. *Soulèvements*, sous la direction de Georges Didi-Huberman. L'exposition a eu lieu au Jeu de Paume à Paris entre octobre 2016 et janvier 2017.

12. Emmanuel Macron, ancien inspecteur des finances et banquier d'affaires passé par le Parti socialiste pendant trois ans, président de la République française et co-prince d'Andorre depuis 2017.

13. Pierre Peuchmaurd, *Plus vivants que jamais*, collection « Contestation », Paris, Robert Laffont, 1968.

14. Florent Coste, *Explore*, Questions théoriques, Paris, 2017.

15. Sophie Wahnich, *La Révolution française n'est pas un mythe*, Klincksieck, Paris, 2017.

16. Kristin Ross, *Rimbaud, la Commune de Paris et l'invention de l'histoire spatiale*, Les Prairies ordinaires, Paris, 2013.

17. Élisée Reclus, *Les Alpes*, éd. Héros-limite, Genève, 2015.

18. Pascale Casanova, *Kafka en colère*, éd. du Seuil, 2011.

18. Bernadette Meyer, *Utopia*, Presses du réel, 2016.

Pain d'épice

I

La question de la bonhomie est centrale dans le texte de Proust contre Sainte-Beuve consacré à Baudelaire, et qu'elle innerve, et surtout énerve – on sent que Proust a envie de lui mettre des baffes, mais ganté. Sans avoir dépouillé toute la critique littéraire de l'époque, je suppose que Beuve n'était pas le seul à distinguer chez les écrivains plutôt leur bonhomie et dans les livres plutôt leur gentillesse – les adjectifs sont interchangeables, « charmant » qualifiant par exemple indifféremment l'auteur ou son œuvre. Aujourd'hui, c'est le contraire, c'est-à-dire que c'est la même chose. Bien sûr, aucun journaliste littéraire ne dirait d'un roman (livre = roman) qu'il est « charmant » ; ce serait trop petit. Un roman est, au choix, « passionnant », « fascinant », « sidérant », « éblouissant », « étincelant », etc. – enfin bref, il faut que ça aveugle. Il s'ensuit que l'auteur du roman est lui-même, puisqu'il l'a produit, « passionnant », « fascinant », « sidérant », « éblouissant », « étincelant », etc. Je ne sais pas si vous pouvez vous imaginer ça, mais vous vous réveillez un matin, et vous lisez dans la presse, en ligne ou papier, que vous avez pondu un bouquin « éblouissant » et que vous êtes un écrivain « étincelant », soit, en somme, un torero dans son habit de lumière ou un personnage de manga ou encore l'une de ces licornes couvertes de paillettes qu'adorent les enfants et qui ont la propriété de péter des cœurs. L'important, c'est que ce soit *hors normes* – les grosses expositions qui demandent énormément de pognon, comme la collection Chtchoukine à la fondation Vuitton, sont d'ailleurs vendues tout équipées de ce genre d'adjectifs, qui prennent le public (pardon, les visiteurs) en tenaille dans l'injonction contradictoire d'avoir à regarder ce qui les éblouit.

Mais revenons à Baudelaire, Beuve, Proust, et à la bonhomie. Elle apparaît dès les premières lignes, lorsqu'il mentionne le « pain d'épice » envoyé par le poète à Beuve parmi ses vers : « Or si Sainte-Beuve, touché de l'admiration, de la déférence, de la gentillesse de Baudelaire, qui tantôt lui envoyait des vers, et tantôt du pain d'épice ». L'image de Baudelaire qu'aussitôt on a, emballant gentiment dans du papier kraft une tranche de pain d'épice et celle, pendante, de Sainte-Beuve, recevant la tranche et protestant avec gravité, et bonhomie bien sûr, « Oh non non, il ne fallait pas ! » d'un petit geste de refus, est bizarrement crédible, et complètement farfelue. Tout l'humour tient dans ce « pain d'épice », et bien sûr dans l'équivalence entre celui-ci et les vers, car il va sans dire – mais

Proust passera le texte à le préciser – que pour Sainte-Beuve, les vers de Baudelaire valent son pain d'épice : ils sont nourrissants et bons, légèrement relevés par les épices, mais juste ce qu'il faut.

Baudelaire est bonhomme = Proust est bon. Cet acharnement séculaire à réaffirmer la bonté, la gentillesse, la bonhomie de certains auteurs, est suspecte, et dans un premier temps simple à comprendre : les vers de Baudelaire sont tout sauf bonhommes et la prose de Proust est « d'une malice abyssale » (Benjamin[1]). Tu liras, lecteur, ce qu'il y a de plus cruel et de plus désespérant, parfois répugnant,

> Ô vers ! noirs compagnons sans oreille et sans yeux,

(c'est dans *Le Mort joyeux* ; les *vers* de Baudelaire sont à double sens : ils rongent, poétiquement si l'on veut, les cadavres en décomposition de ses poèmes, mais la chair n'y tombe pas que métaphoriquement en morceaux, elle y pourrit littéralement sous nos yeux, de manière aussi réaliste et stylisée que dans un film de zombies), mais le côté sympa du poète compense son côté excessif – tiens, d'ailleurs, il apporte du pain d'épice (ou : tiens, d'ailleurs, on le voit dans ce film, descendre un escalier dans un mariage, avec son petit chapeau et son œil qui frise[2]).

Évidemment, l'effort de Sainte-Beuve, qui vise à proposer de Baudelaire une image contraire à celle que lui-même s'est acharné à construire (un dandy satanique), est plus drôle que troublant, dans le texte de Proust. Beuve aurait voulu aider Baudelaire dans son procès, non en disant qu'il est l'un des plus grands poètes de son siècle, encore moins en chroniquant les *Fleurs du mal*, ce qui l'aurait contraint à recopier un vers comme

> Le succube verdâtre et le rose lutin
> T'ont-ils versé la peur et l'amour de leurs urnes ?

(c'est dans *La Muse malade* ; on imagine la tête des juges, en train d'essayer de grouper logiquement les vers horribles de Baudelaire et la plume bonhomme de Beuve !), mais en résumant l'homme par « Gentil garçon, gagne à être connu, poli, fait bonne impression[3] » (la méthode de Beuve suggère qu'un poète bonhomme ne peut écrire une œuvre tout à fait diabolique). Là où la bonté de Beuve a ses limites, c'est que, comme l'écrit Proust, « c'est toujours le même procédé », et qu'il avance rigoureusement la même chose concernant Goncourt ou Stendhal, qu'il n'a pas eu à défendre dans un procès. Ainsi, tout écrivain, passé et à venir, est potentiellement « Gentil garçon, gagne à être connu, poli, fait bonne impression » – tout comme aujourd'hui il est « passionnant, éblouissant, étincelant et limpide ». Il ne s'agit pour autant pas de sous-entendre que tout écrivain serait le contraire (« Méchant, infréquentable », etc.), mais de saisir en quoi écrire « Gentil garçon, gagne à être connu, poli, fait bonne impression » permet, par exemple, de ne pas dire que chez Baudelaire, le satanisme n'est pas une pose d'époque mais un véritable « renoncement à la bonhomie[4] » : « L'éminente aptitude de Baudelaire au plaisir exclut totalement la bonhomie. Cette incompatibilité foncière du plaisir sensuel et de la bonhomie est ce qui distingue la véritable culture des sens. Le snobisme de Baudelaire est le renoncement excentrique à la bonhomie et son "satanisme", sa prédisposition à éventuellement la contrarier en tout temps et en tout lieu. » Difficile de ne pas penser à Artaud, que Baudelaire préfigure (la « sorcellerie évocatoire », bien sûr, mais aussi l'« alchimie de la douleur », et l'importance capitale de la « magie »). Difficile de ne pas penser à Proust, dans ce rapport serré entre une « culture des sens » qui aurait vocation à « contrarier [la bonhomie] en tout temps et en tout lieu » et le « satanisme ». Délier cela, c'est tout l'enjeu des fournisseurs de bonté : il s'agit de conserver ce qui a trait, chez Proust en particulier, aux sensations (l'emblème en est la « petite madeleine », qui vaut la tranche de pain d'épice tant elle a effacé la cruauté du reste), en le coupant dès que possible du caractère critique de l'œuvre. La preuve que cette lecture de la *Recherche* s'est imposée, c'est qu'on est comme surpris (et ravi) de lire à son propos sous la plume de Benjamin « malice abyssale, si dure alternance de sarcasme et de tendresse, manque total d'aptitude à la consolation ». Que cette « malice abyssale, si dure alternance de sarcasme et de tendresse, manque total d'aptitude à la consolation », demeure en retrait et comme non perçu, est favorisé par le fait que les sensations ne sont pas seulement pointées de préférence dans le texte mais qu'elles emballent le texte, qui devient lui-même facteur de sensations et sensation ultime – ce qu'il est, sans conteste, à condition de considérer la malice, le sarcasme et le manque d'aptitude à la consolation comme des sensations, et des sensations fortes. Des sensations critiques, en quelque sorte.

II

Masquer le négatif chez Proust – chez Baudelaire, Beckett, Kafka, etc. –, c'est renoncer en partie à penser la modernité de l'œuvre et faciliter son appréhension comme « anti-moderne ». On a souvent insisté sur l'humour de Beckett, l'humour de Kafka, l'humour de Baudelaire même – mais il faut aller le chercher dans ses « journaux intimes », dans *Mon cœur mis à nu* ou dans *Fusées* :

> Il appartenait à une Société incrédule d'envoyer Robert Houdin chez les Arabes pour les détourner des miracles.

et bien sûr l'humour de Proust. C'est à double tranchant – et ça dépend de ce qu'on entend par « humour ». Si « humour », orthographié *Umour*, descend en continu la pente en compagnie de Jacques Vaché, l'ami de Breton mort en 1919, qui en donne dans une lettre la définition suivante : « l'umour dérive trop d'une sensation pour ne pas être très difficilement exprimable – je crois que c'est une sensation – j'allais presque dire un SENS – aussi – de l'inutilité théâtrale (et sans joie) de tout[5] », alors, on peut en effet parler de l'humour de Proust, de celui de Kafka et de Beckett : c'est un *Umour* en tous les cas frappé par la guerre (d'où la perte du h, peut-être – de l'expiration) et dont seul un homme en pleine guerre (et qui la voit comme un spectacle absurde et déroutant et non comme un travail, au contraire de Jünger) pouvait comprendre les modifications irréversibles et la nouveauté consécutive (elle donnera Dada). C'est donc un humour qui *est* la distance théâtrale dans laquelle se disposent les objets d'un monde en cours de destruction ; il a la propriété de tenir encore plus à distance celui qui le reconnaît par le(s) sens, lequel a cette capacité inédite de voir dans un spectacle de mort sans cesse reconduit le risible. Puisque la conception entrepreneuriale, c'est-à-dire guerrière (les grosses boîtes ont toutes une *war-room* où elles décident de leur « stratégie »), l'a emporté partout, sans doute nous est-il de plus en plus difficile de (nous) saisir (de) cet humour-là et sommes-nous livrés à son contraire, la propagande, dont Vaché parle ainsi, immédiatement après sa définition : « Et c'est pourquoi alors les enthousiasmes (d'abord c'est bruyant) *des autres* sont haïssables », opposant clairement ceux qui ont l'Umour à ceux qui ne l'ont pas, et sont en marche la fleur au fusil.

III

L'autre jour, je faisais passer pour la première fois l'oral du baccalauréat, à tour de rôle les poètes : Baudelaire, Apollinaire, Ponge. Le pauvre passage choisi de *Zone* ouvrait la série plus amicale des poèmes affectueux et nostalgiques d'Apollinaire, *Le Pont Mirabeau* ou *Marie*, sous le titre de séquence directif « tradition et modernité ». Je suppose que si je n'avais pas été moi-même enseignante, en position de faire passer l'oral du bac à une cinquantaine d'élèves de première d'un lycée scientifique et technologique (donc des garçons), je me serais aussitôt levée de ma chaise en bois, aurais traversé en glissant la salle au sol fraîchement ciré, ouvert violemment la porte, couru à l'administration pour m'enquérir du nom de l'enseignant qui, dans l'année, avait préparé les classes à cette séquence, serais allée choper cet ou cette enseignant.e, et lui aurait illico et intégralement fait avaler la feuille de papier A4 où s'imprime ce passage de *Zone* en tassant bien, jusqu'au fond de la gorge, de manière à ce qu'il comprenne concrètement que ce poème a été écrit par Apollinaire précisément pour ça : assécher définitivement la voix de quiconque parlerait à son propos de « tradition et de modernité » comme on prend « dessert ou fromage », car l'acte pédagogique réel est nécessaire, de temps à autre. Non, toute chose n'est pas égale par ailleurs – pour la modernité poétique comme pour le reste – et *Zone* n'est pas 50/50, 50 pour la tradition, 50 pour la modernité. Apollinaire y a osé le vernaculaire non seulement comme souci (souci social) mais comme méthode, en retranscrivant (et la retranscription y est fraîche comme un nouvel outil poétique) ce qu'en flâneur il attrapait des phrases entendues dans Paris, doux éclats dans le flux d'une prose coupée qui rompt avec la même assurance que les *Petits Poèmes en prose*, que Baudelaire, avec la poésie du *statu quo* – soit la « tradition ». Qu'on ne puisse aujourd'hui dans un cadre scolaire proposer à l'examen la totalité de *Zone* (et non ce pauvre passage où il est gentiment question du pape) est peut-être le signe qu'Apollinaire est mal patrimonialisable, mais c'est aussi le rappel, plus inquiétant, de l'effort incessant et largement inconscient pour couper et lisser tout ce qui poétiquement dépasse les bornes en le changeant en élément de culture générale. Dépasser poétiquement les bornes c'est, tout de même, dire non à un certain nombre de choses de l'époque vues comme allant-de-soi par *les autres*, dirait Vaché.

IV

Même quand on s'attache à rendre justice à Baudelaire, en le situant précisément dans son temps, en reprenant l'intégralité de ce qu'il a pu écrire, que cela ait été publié ou non, biffé[6] ou non par lui-même, demeure un paradoxe au cœur de son œuvre que la meilleure des explications de texte et la plus parfaite recherche ne résout pas : Baudelaire est contre la modernité, mais de manière absolument moderne – il nous appartient de sabrer ce que ce paradoxe contient de cliché.

On peut toujours reprendre l'affirmation, en disant que « modernité » et « moderne » ne recouvrent pas les mêmes choses, que la première désigne un moment historique (le second Empire) et ses signes (le gaz d'éclairage, la grande ville, la bêtise bourgeoise, etc.), alors que le second est le terme par lequel le poète définit une façon autre, et neuve, d'écrire la poésie – mais aussi de se penser en poète dans ce monde moderne qu'il exècre, et où

> Tout à l'heure, comme je traversais le boulevard, en grande hâte, et que je sautillais dans la boue, à travers ce chaos mouvant où la mort arrive au galop de tous les côtés à la fois, mon auréole, dans un mouvement brusque, a glissé de ma tête dans la fange du macadam (in *Perte d'auréole*).

Pourtant, un rapport existe entre moderne et modernité : qu'il n'y a pas d'autre façon possible de faire de la poésie dans ce monde, et qu'il regrette lui-même d'en être rendu là, à devoir proposer une prose allégorique mais plate à des journaux qui n'en voudront pas[7] pour essayer de sauver ce qui peut l'être. À lire les deux versions, poésie et prose, de *L'Invitation au voyage* et de *L'Horloge*, je suis frappée par l'espèce d'amertume et de négligence à traiter en écho certains de ses plus beaux poèmes, anticipant là le Rimbaud d'*Une saison en enfer* et sa reprise volontairement fautive de *L'Éternité*, plagiaire défectueux de lui-même, d'un lui-même autre, plus idéal mais ancien :

> Elle est retrouvée !
> Quoi ? l'éternité.
> C'est la mer mêlée
> Au soleil.

(quand même plus moche que :)

Elle est retrouvée.
Quoi ? – L'éternité.
C'est la mer allée
Avec le soleil

Chez Baudelaire, l'exquise attaque

Mon enfant, ma sœur,
Songe à la douceur
D'aller là-bas vivre ensemble !

devient dans le poème en prose la proposition de faire du tourisme « avec une vieille amie ». Le décor rêvé d'une chambre singulière (« Les plus rares fleurs », « la splendeur orientale ») dans la deuxième version confine au descriptif de catalogue : « Les soleils couchants, qui colorent si richement la salle à manger ou le salon, sont tamisés par de belles étoffes ou par ces hautes fenêtres ouvragées que le plomb divise en nombreux compartiments », et l'adjectif « luisant », si étonnant dans le poème

Des meubles luisants,
Polis par les ans,
Décoreraient notre chambre ;

est inclus dans la description satirique d'un intérieur bourgeois : « Un vrai pays de Cocagne, te dis-je, où tout est riche, propre et luisant, comme une belle conscience, comme une magnifique batterie de cuisine » ! On est passé de la sorcellerie évocatoire à une « alchimie de l'horticulture », et la « douce langue natale » parlée « à l'âme en secret » dans ce pays rêvé devient une affaire de commerce, de « produits de l'Orient », qui « rentrent au port natal ». De même, la terrible *Horloge*, « dieu sinistre, effrayant, impassible », commence en prose par un sympathique conte mettant en scène un missionnaire « se promenant dans la banlieue de Nankin » et qui a oublié sa montre ! Le dernier – et bizarre, monté après coup – paragraphe, ajouté en 1862, semble être le commentaire déplacé du poème des *Fleurs du mal*, regard rétrospectif et plein d'autodérision sur le travail des débuts et la poésie : « N'est-ce pas, madame, que voici un madrigal vraiment méritoire, et aussi emphatique que vous-même ? En vérité, j'ai eu tant de plaisir à broder cette prétentieuse galanterie, que je ne vous demanderai rien en échange. »

Mais, derrière la provocation, le jeu « sadique » du *Mauvais vitrier :*

> Je m'approchai du balcon et je me saisis d'un petit pot de fleurs, et quand l'homme reparut au débouché de la porte, je laissai tomber perpendiculairement mon engin de guerre sur le rebord postérieur de ses crochets ; et, le choc le renversant, il acheva de briser sous son dos toute sa pauvre fortune ambulatoire,

> qui rendit le bruit éclatant d'un palais de cristal crevé par la foudre.

derrière cette forme étrange d'expérience de pensée et, aussi, cette attention constante aux pauvres, aux *Petites Vieilles*,

> Mais moi, moi qui de loin tendrement vous surveille,

cette insistance à les mettre tels quels sous les yeux de lecteurs qui, dans la rue, ne veulent pas les voir et leur répugnent, dans cette rage qu'il a non pas à « choquer le bourgeois » mais à lui taper sur le crâne (car c'est sur son crâne qu'il balance le pot de fleurs, plus encore que sur celui du vitrier !), à lui mettre le nez dans sa propre charogne, dans lui-même une fois mort, dans l'aggravation comme pratique poétique résolument moderne, portée ici (pour la première fois sans doute depuis les *Tragiques* d'Aubigné) à une incandescence que Lautréamont, Rimbaud, et bien sûr Artaud, sauront reprendre et pousser plus à bout, derrière ou *dans* tout cela demeure en dépôt sa difficulté à écrire et l'idée, toujours, qu'il en est *réduit* à cela, à cette modernité-là, qu'il ne le fait pas de gaieté de cœur, comme on dit – d'où l'ambiguïté qu'on peut y lire et sur laquelle on peut faire fond, adossée à quelques phrases des journaux intimes mal contextualisées : que

Baudelaire n'est pas d'avant-garde, d'ailleurs qu'il déteste l'avant-garde et le « nouveau », qu'il s'est fixé à lui-même des règles rigoureuses, comme tout bon classique qui se respecte et « regarde comme le plus grand honneur du poète d'accomplir juste ce qu'il a projeté de faire[8] » (cette blague ! Il n'a cessé de retravailler l'appareil méta-poétique censé expliquer sa démarche), qu'il est, oui, « traditionnaliste », puisque de Maistre lui a « appris à raisonner », conservateur (« La modernité de Baudelaire, écrit Compagnon, c'est la résistance à un monde moderne où tout devient périssable ; c'est la volonté de conserver et de transmettre quelque chose de durable[9] »), et que par conséquent il n'est pas démocrate, etc., etc.

Mais les fameux vers raciniens, cités par Proust,

> L'une, par sa patrie au malheur exercée,
> L'autre, que son époux surchargea de
>   douleurs,

le sont par lui tactiquement, pour convaincre sa mère (« Un poète que tu n'aimes qu'à demi… ») ; ce qui prouve au passage que la « mauvaise réputation » de Baudelaire a perduré jusqu'au tout début du XXe siècle, et que seule la valorisation de son « classicisme » (qui n'était pas cliché pour tout le monde), voire de ses options politiques tardives, l'a rendu scolarisable – on étudie encore au bac essentiellement les poèmes comptés et rimés des

Fleurs du mal et non les proses du *Spleen de Paris*). Les plus beaux peut-être de ces vers raciniens sont logés dans les pièces consacrées aux lesbiennes, *Femmes damnées*,

> Et d'autres […]
> Mêlent dans le bois sombre et les nuits solitaires
> L'écume du plaisir aux larmes des tourments.

ce dont l'auteur de la *Recherche* a dû jouir tout autant que le poète ; « malice abyssale ». Mais quand Baudelaire pointe « l'amour, la prédilection des Français pour les métaphores militaires. Toute métaphore ici porte des moustaches » et qu'il liste ensuite ces métaphores : « Les poètes de combat. Les littérateurs d'avant-garde, etc. », il ne désigne, par force, ni Dada, ni le futurisme, ni le surréalisme. Peut-être vise-t-il tout bonnement Hugo, ou l'ex-député Lamartine ?

V

La « rigueur du parti pris prosaïque » du poète, son « anti-lyrisme » presque volontariste dans les poèmes en prose, le fait que Baudelaire s'y soit prononcé contre Baudelaire, contre la poésie, qu'il se soit, le premier, « opéré vivant de la poésie[10] », tout cela a été souligné par Jean-Luc Steinmetz[11], et Jean-Marie Gleize en a tiré, à ce jour, toutes les conséquences logiques, parlant de « la nécessité du passage de la poésie, de la fabrication harmonieuse, de la délectation à la « suffisante clarté de l'harmonie » [...], à la prose, au parti pris des proses, le caractère inéluctable du scénario de la perte d'auréole, l'abandon du « rêve de volupté », et la soumission au « coup de pioche dans l'estomac » et à ce qu'il révèle, met à nu, de la « réalité » : l'« horreur » et la « désolation » de l'« implacable vie[12] ». Rimbaud, en passant des poèmes et des *Illuminations* (encore très « poétiques ») à *Une saison en enfer* ; Ducasse, passant des *Chants de Maldoror* aux *Poésies* et à l'éloge du plagiat ; Ponge, passant du *Parti pris des choses* aux brouillons encore plus dépoétisés de sa *Figue de parole* ; Artaud, des premiers poèmes et de « leurs défauts, leurs inégalités[13] » à son incessant chantier (pêle-mêle théâtre de la cruauté, textes révolutionnaires, cahiers de proses et de dessins, et – dernier retour à l'incantation « sauvage » – glossolalies, sorts jetés, coupés d'énoncés d'une intelligence insensée) : tous ont rejoué Baudelaire, « matrice et seuil de la modernité ». Il ne s'agit d'ailleurs pas de considérer qu'il y aurait un « progrès », des *Fleurs du mal* aux *Petits Poèmes en prose*, mais de tenir compte de ce qu'on sait, et d'être lucide quant au Baudelaire qu'on se choisit pour vivre.

Dans un petit livre paru en 2015, *Un été avec Baudelaire* (à l'origine une série d'émissions diffusées sur France Inter), Antoine Compagnon fait en quelque sorte « le tour du propriétaire », dans le souci de rendre justice à un peu tous les Baudelaire (et Dieu sait s'ils sont nombreux, du révolutionnaire de 48 au gâteux des dernières années, de l'hypocrite flatteur (avec Hugo et Sainte-Beuve) au partisan « de la ligne droite » assénant « vous n'êtes que le premier dans la décrépitude de votre art » au pauvre Manet, du dandy aux cheveux verts au vieux garçon rêvant d'habiter enfin à Honfleur avec maman...) : un bon bilan, plutôt honnête, qui gagne à être connu et fait bonne impression.

VI

L'acte de nuancer dans un deuxième temps ce qu'on a dit dans un premier, puis d'achever dans un troisième par une ouverture pacifiée est une habitude intellectuelle qui nous vient de l'école et nous guide ensuite et commande la manière dont on aborde les choses, théoriques et pratiques, dans la vie. C'est ainsi qu'après avoir souligné le fait que Proust, comme Baudelaire, cherche « à reprendre possession d'un passé récent », que le second regrette ce passé et déteste son époque, ce « monde moderne [...] grande barbarie éclairée au gaz ! », on avance pour lui en fac de lettres la nécessité de suturer présent et passé (par l'allégorie), puis, au-delà de la déploration des changements survenus (il s'agit d'un commentaire du *Cygne*, poème où du Paris du second Empire surgit soudain le souvenir de l'ancien), « l'acceptation, aussi, avant un alanguissement spleenétique, des transformations de la ville haussmanienne[14] »… et voilà Baudelaire réconcilié avec Napoléon III, et « l'aptitude à consentir » la marque ultime de la sagesse. Cependant, ni chez Baudelaire ni chez Proust la « suture » ne vaut réconciliation. On pourra préférer, du *Cygne*, la lecture proposée par Dolf Oehler, qui précise « c'est bien un trauma du passé récent qu'il s'agit d'expliquer » (en l'occurrence, les massacres de juin 1848) et qui souligne la violence symbolique du poème comme réponse à la violence de la répression[15].

De manière similaire, on fait servir l'« éternel retour » de Nietzsche à ça, concernant Proust : qu'il s'agit, en acceptant, sans remords et avec joie, de revivre l'intégralité inchangée de sa vie, de prendre « la réalité pour son désir » et non l'inverse, et que c'est ce à quoi l'on assiste dans la *Recherche*, cette acceptation, quand on ne se révolte plus (c'est « négatif »), et que tout devient prétexte à connaissance (c'est « positif »). En fait d'éternel retour, on a parfois le sentiment qu'autant que la sensation procurée par tel ou tel événement vécu, c'est l'impression de telle ou telle expression reprise que le narrateur goûte, et sa modification, amplifiée ou limitée, et les variations infinies par elle à lui promise tout au long du long livre : il ne l'aime, ici, cet éternel retour, que parce qu'il a trouvé une belle image, celle des « beaux hommes [...] statues polychromes incomparables » et préférables à toute la statuaire d'une cathédrale, par exemple – image qu'il pourra contredire s'il en trouve une plus belle encore, et que son livre même contredit, en l'occurrence, puisqu'un livre de littérature est l'œuvre d'art capable par excellence de durer, étant publié à des milliers, ou ne serait-ce que des centaines, d'exemplaires, au contraire d'une cathédrale. Ainsi le narrateur ne prend-il pas grand risque en reprenant deux fois dans *Le Temps retrouvé* cette chose déjà dite dans *Le Côté de Guermantes II*, que la vie des hommes vaut mieux que le patrimoine, que l'art : les conditions de destruction d'*À la recherche du temps perdu* sont les conditions de destruction de l'humanité même, et le livre ne mourra définitivement que lorsque nous serons tous morts ; bien des cathédrales et bien des toiles de maîtres auront disparu avant qu'un Tokyoïte au fin fond d'un abri anti-atomique ne lise pour la dernière fois une traduction en japonais de Proust.

VII

Tout étant, par la grâce littéraire, devenu prétexte à expérience et connaissance par l'expérience, on comprend alors que la douleur et la maladie tiennent une place capitale – parce qu'elles sont inévitablement suivies par la convalescence : « Or, la convalescence est comme un retour vers l'enfance. Le convalescent jouit au plus haut degré, comme l'enfant, de la faculté de s'intéresser vivement aux choses même les plus triviales en apparence », écrit Proust. Pas de convalescence sans douleur et sans maladie, contre lesquelles il ne sert à rien de se révolter, d'autant plus si une joie « nietzschéenne » les transfigure ; on en fait dans la foulée le paradigme de l'attitude à adopter face à ce qui vient et ne se maîtrise pas (la vie, en général), mais qu'on peut toujours apprendre à goûter dans ses moindres détails. L'expérience et la connaissance qu'on en tire sont au fond supérieures à l'événement, qu'elles « couvrent » et dont elles se saisissent. Elles lui sont supérieures puisqu'on fait *l'expérience de l'événement* – l'inversion du génitif (l'événement de l'expérience) me semble un jeu de mots ici, une image gratuite et trompeuse ; ce qui culturellement et socialement domine est bien l'idée que tout événement peut être *mis à profit* comme expérience, en rentrant dans le champ de l'expérience sensible : au début de *L'Éducation sentimentale*, de Flaubert, Frédéric Moreau, après son bac, « *se dédomma[ge]* de ne pouvoir séjourner dans la capitale, en regagnant sa province par la route la plus longue », ayant alors tout loisir de contempler les « clochers, des édifices dont il ne savait pas les noms », puis d'embrasser « dans un dernier coup d'œil, l'île Saint-Louis, la Cité, Notre-Dame ». La lecture de Proust à laquelle on a le plus souvent accès produit l'expérience sensible comme refuge personnel (elle « privatise » en quelque sorte la sensation, en fait un attribut individuel conquis à force de lectures, d'art et d'attention) et comme révélateur de ce qui ne fâche pas : le parfum des fleurs, plus souvent cité que le bordel sadomasochiste du baron de Charlus ; la saveur d'un gâteau plutôt que le bal de têtes. La *Recherche* est un livre romantique qui finit bien, résume-t-on à la radio[16]. Dans un monde où il est obligatoire de toujours bouger, partir, quitter, abandonner, l'expérience sensible est la dernière maison, la seule que l'on puisse transporter avec soi.

On ? Pas tous. Une scène très drôle du film de Bruno Dumont, *Ma Loute*, montre la capacité qu'a la bourgeoisie de s'approprier n'importe quel moment et n'importe quel lieu et d'en faire une occasion de (se) prouver sa sensibilité et son intelligence (donc sa supériorité) : en 1910, les Van Peteghem sont comme chaque été en villégiature dans le Boulonnais et viennent y admirer la baie de la Slack, décrite aujourd'hui par l'office de tourisme comme « l'un des milieux marins les plus riches en biodiversité, dont les méandres et les dunes façonnent le caractère sauvage et authentique ». On les voit s'extasier, en ombrelles et chapeaux, face à cette baie, cependant qu'une famille de pêcheurs – autres protagonistes du film – trouvent tout normal et ne comprennent rien à l'extase peteghemienne. Il n'est pas dit que les pêcheurs soient privés de la capacité de sentir, en revanche, ce qui est sûr, c'est qu'ils sont privés de la capacité de jouer cette extase, et du savoir qu'il est de bon ton de la manifester. S'il y a une chose que personne ne peut s'approprier (ceux qui « le font » en réalité le vivent), c'est bien l'événement, et en particulier l'événement révolutionnaire. Les aristocrates des *Adieux à la reine*, de Benoît Jacquot, apprenant la prise de la Bastille, sont comme autant de poules devant un couteau : comment sauraient-ils se ressaisir de ce qui fait irruption ? De cette « expérience »-là, ils sont dépossédés, faute d'avoir été les instigateurs d'un événement dont, pour une fois, ils n'auront rien voulu et rien su.

VIII

En lisant la réédition récemment parue du livre d'Oehler, *1848 : le spleen contre l'oubli*, qui restitue précisément le « sous-texte » historique présent chez Flaubert, Heine ou Baudelaire, on comprend mieux comment le poète, en particulier dans les pièces postérieures aux journées de juin 48, substitue à l'événement historique (le massacre des ouvriers parisiens et au-delà, la révolution) la poésie comme « événement » par excellence. C'est une position-réflexe que ce qu'il est convenu d'appeler les « dernières avant-gardes » (les poètes qui avaient 20 ans en 1968) ont reprise, et qui est résumée de manière un peu fruste, et désormais amusante, dans une préface datant de la fin des années 1980 aux *Fleurs du mal*[17] : « avant que l'avènement de la bourgeoisie des boutiquiers ou des coloniaux ne contraigne ceux qui avaient quelque chose à dire à se réfugier dans le froid silence du dandysme ou, pis, dans quelque engagement militant. Cette voie, ce serait la poésie même ». « Ou, pis, dans quelque engagement militant », c'est la voie qu'avaient choisie par exemple les poètes de la revue *Txt* (Prigent, Novarina, Verheggen, Le Pillouër, Steinmetz…) après 1968, jusqu'au milieu des années 1970, moment clé où ceux qui ne « basculent » pas – dans la clandestinité, la drogue, ou le suicide –, et qui écrivent, placent la révolution dans le langage poétique[18] après avoir placé le langage poétique dans la révolution.

Dans l'un des rares ouvrages de théorie littéraire écrit par un poète et encore lisible aujourd'hui, *La Langue et ses monstres*[19], Christian Prigent motive le passage de l'un à l'autre en prenant, entre autres, l'exemple de Maïakovski. Selon Prigent, Maïakovski parvient à fonder « un style comme liberté », à donner une chance à l'expressivité « intime », en recyclant « les données éclatantes du langage de la rue », une langue merveilleuse

– « toute rouge », écrit Maïakovski –, dans une forme de communisme imagier. Si Maïakovski est « un grand poète politique » c'est parce que le contenu militant de ses poèmes « pousse », pour ainsi dire, d'un fond pulsionnel, dans une sorte de naturalisation du politique que le corps stylistique du poète fabriquerait comme engrais. Dès lors, la révolution devient un décor, le décor « où se joue le drame subjectif » du poète aux prises avec sa langue et ses monstres. L'événement politique devient un drame privé, un drame de la sensibilité – Maïakovski est assassiné par la langue figée de l'académisme. Maïakovski meurt parce qu'il n'a pu écrire d'une seule main *et* la langue imposée positive raisonnée de la révolution *et* le négatif d'un style propre, inarraisonnable. *La Langue et ses monstres* s'achève sur la nécessaire correspondance entre littérature et exigence démocratique. La démocratie comme horizon vient suppléer à l'horizon révolutionnaire[20].

IX

Une littérature qui n'aurait plus de souveraineté que sur elle-même, en interne, sans jamais déborder, une littérature qui ne serait plus abouchée à quelque révolution que ce soit (y compris « stylistique »), déniaisée de tout y compris du dandysme, c'est ce dont tous les lycéens, étudiants, écrivains, lecteurs, héritent jusque dans les années 2000. Auparavant, on reprenait l'affirmation de Bataille : la littérature, c'était « les grandes irrégularités du langage » – Joyce, Artaud, Guyotat... Il en reste encore quelque chose chez Compagnon, lorsqu'il parle d'une « exigence [...] d'irrégularité et de discordance ». Mais « irrégulière » pourquoi ? « Discordante » pour qui ? En quel honneur Beckett serait-il supérieur à Roger Nimier ? Parce qu'il n'écrit pas « comme tout le monde » ? Parce que ses bouquins sont « perchés », comme dirait ma libraire ? Et pourquoi préférer Duras à Sagan, hein, au fond – Sagan, intronisée « grand écrivain » depuis sa mort (le malheureux *Bonjour tristesse* en édition scolaire !), elle qui n'en demandait pas tant et était tout à fait consciente de ses faiblesses et de la place qui lui revenait ? Le « travail de la langue » est une chose absurde quand on ne comprend pas qu'il ne se réduit pas à lui-même comme objet d'auto-contemplation ; ou plutôt, quand on l'a oublié. Baudelaire n'a pas écrit les *Petits Poèmes en prose* pour « révolutionner le langage poétique » et coiffer Gautier au poteau ; la rage contenue qu'il y met, y compris à l'égard de lui-même, prouve assez qu'il entendait littéralement faire déchanter le second Empire. Le paysage bizarre du roman d'aujourd'hui en a retenu bizarrement quelque chose, de ce déchantement – le dandysme des recopieurs de Wikipedia ; des réalismes « à la Balzac », qui offrent des prix littéraires et permettent de faire l'acquisition de quelque propriété régulièrement époussetée par des agents de surface. S'opposent, en vis-à-vis, une littérature réactionnaire qui déchante et une littérature réactionnaire qui enchante (d'Ormesson, mais aussi tous les livres qui vous promettent « d'aller mieux » par la méditation ou le pilates), une littérature raccord avec l'enthousiasme, géré par les mairies, des essais de démocratie « participative ». Un horizon démocratique, en littérature – du moins telle qu'elle est scolarisée ou télévisée –, ça donne cette conclusion, dans la préface déjà citée aux *Fleurs du mal*, qu'avec Baudelaire, « on est incontestablement ramené à soi » ; même conclusion adroitement tirée de la fin du *Temps retrouvé*, cette idée, qu'au fond, Proust écrit pour chacun d'entre nous, et que c'est ça le plus important : « Le narrateur souhaite que ses lecteurs soient les propres lecteurs d'eux-mêmes, à la fin. Voilà pourquoi des lecteurs très divers ont l'impression que Marcel Proust a écrit son livre uniquement pour eux[21]. » Avec Proust, « on est incontestablement ramené à soi » (ce qui évite de se préoccuper du reste). La position des années 1970, d'ailleurs durement gagnée et tenue, qui réoriente l'analyse littéraire vers la communauté des lecteurs et le texte plutôt que vers l'auteur seul (il en « meurt », avec Barthes et Foucault) est rabattue sur une forme de vérité de l'intime à découvrir en miroir par l'œuvre, qui permettrait de se connaître mieux et de se payer une psychanalyse au prix d'un livre de poche. Or, il me semble que ce n'est pas tout à fait ça qu'avance Proust à la fin de son livre, et qu'on frôle le malentendu. En écrivant « mon livre, grâce auquel je fournirais [aux lecteurs] le moyen de lire en eux-mêmes. De sorte que je ne leur demanderais pas de me louer ou de me dénigrer, mais seulement de me dire si c'est bien cela, si les mots qu'ils lisent en eux-mêmes sont bien ceux que j'ai écrits [...] », Proust attend des lecteurs qu'ils soient... des correcteurs ; et qu'ils poursuivent, en quelque sorte, l'infini travail de corrections et d'ajouts qu'est pour lui le travail de l'écriture. Ce qu'il nous suggère, c'est de greffer à son texte, pour l'améliorer, nos propres paperoles – et c'est ce que nous faisons, dès que nous rêvons (à) des phrases en lisant et en interrompant notre lecture, puisque la lecture, comme le cœur, a ses intermittences. L'importance des corrections, chez Proust, ne tient pas seulement à son perfectionnisme, ou au fait que, « quelque part », il se sentait incorrect, ou pas assez juste dans sa langue, mais révèle à mon sens un trait de la modernité dont sa syntaxe se saisit dans cette façon d'approcher en spirale, progressivement, son objet, en reculant et en y revenant tour à tour, dans une épanorthose étendue à tout un livre, et qui consiste à reprendre ce qu'on vient de poser pour le reformuler. Il y a aussi comme un filet où se nouent, chez ce roi de la *punchline*, toutes les pointes (cf. les scènes de réceptions et de salons, au début de *Sodome et Gomorrhe*, par exemple). La maîtrise proustienne est indissociable de la conscience constante que toute maîtrise est impossible, en littérature, parce que ce n'est pas l'affaire des maîtres, qui ont des choses bien plus importantes à faire dans la vie que d'écrire.

X

Je crois que la crainte, et les précautions qu'on prend encore, quant à l'engagement en littérature et en art (réécrit « langagement » dans les années 1970), tient en partie à la peur de faire quelque chose de *bête* – dogmatique, caricatural, etc. –, peur doublée de celle du ridicule (le bon goût, et son pendant naturel, la faute de goût, sont importants en France, terre du bon chic et du bon genre). Il y a, en art, des bêtises choisies, qu'on nomme autrement (« idiotie », par exemple, dans les années 1990, avec la caution de Clément Rosset), des bêtises au goût du jour, vagues héritières de *Bouvard et Pécuchet* (la copie de Wikipedia, déjà évoquée), puis l'engagement en France a laissé de mauvais souvenirs – le PC de Maurice Thorez, les mêmes poèmes toujours d'Aragon, la colombe de Picasso qu'à force d'avoir vue on a envie d'exploser à coups de carabine, la décomposition lente et non encore achevée des ex-groupes révolutionnaires et des partis ex-révolutionnaires, les chansons de Léo Ferré ou de Ferrat, que sais-je encore… Je me souviens du moment Sarkozy en art, au Palais de Tokyo : on était passé brutalement de l'esthétique relationnelle (une anticipation de la démocratie participative circonscrite au *white cube*) à des cabanes critiquement badigeonnées de la tronche du président. Ce n'était certes pas fin, comme retour de l'engagement et retour de balancier. L'un des rares artistes à y être allé franchement, Thomas Hirschorn, avait pour lui d'être suisse-allemand et de proposer régulièrement des *Monuments* installationnistes à des philosophes (Deleuze, Gramsci…). Mais les Français ont cette peur viscérale de la bêtise, et particulièrement les poètes, qui ont toujours besoin d'antidotes ou de grigri pour s'en prémunir – tel incipit fameux de Valéry, dans *Monsieur Teste* : « La bêtise n'est pas mon fort ». Intelligence de Valéry, intelligence de Mallarmé, intelligence de Perse, intelligence de Bonnefoy ou de Char, etc. Comme en France, la correction de la langue est un signe d'intelligence, et à l'intérieur de la langue, la correction de l'orthographe, le bon poète, le grand écrivain, sont en général ceux qui écrivent une langue correcte, claire et nette, ou bien des phrases longues mais correctes, avec des adjectifs variés susceptibles de servir de modèle en classe, et l'auteur d'abord soupçonné est rapidement réintégré, assimilé (c'est volontaire, il le fait exprès). L'un des seuls grands écrivains à avoir travaillé la question de la bêtise au cœur de la langue française avait l'excuse d'être irlandais de naissance ; Ghérasim Luca celle d'être roumain ; et Kati Molnar, le génial auteur de *Kantaje*[22], celle d'être hongroise.

En France, la moindre proposition d'une réforme de la langue est considérée comme une excentricité, une « hystérie » ou une pathologie. L'orthographe et la correction de la langue sont capitales pour la simple raison que la France se pense non seulement comme un pays *normal* mais comme LE pays normal, du fait de l'universalité de ses valeurs – c'est à leur aune qu'on évalue l'anormalité des autres nations et des autres « options », en fonction de la distance qui les sépare de notre normalité (il est probable qu'un Danois juge le Danemark normal, un Norvégien la Norvège, et un Espagnol l'Espagne ; mais je parle de ce que je connais). Aussi, Baudelaire est un poète essentiel parce que son œuvre traite incontestablement la question de la bêtise, celle de la bêtise bourgeoise, naturellement, en pleine expansion à son époque, et qui poursuit vaille que vaille cette expansion, mais aussi une bêtise « personnelle » sous la forme aggravée du gâtisme, et ce qui en fait le seuil et la matrice de la modernité, ce sont aujourd'hui *Mon cœur mis à nu* et *Fusées*, ou l'infamie de ses phrases sur les Belges, presque autant que les *Fleurs du mal* ou *Le Spleen de Paris*. S'il y a un clivage dans le champ poétique, ce n'est plus depuis longtemps en fonction des écoles ou de manifestes, mais peut-être entre ceux qui acceptent, assument, et travaillent cette part de bêtise française logée jusque dans la langue et les autres, qui continuent à se prémunir d'elle, à essayer de lui faire barrage. *Idem* dans le roman, où l'on n'a encore pas mesuré l'importance de la redécouverte d'Hélène Bessette, analyste assassin des années 1950 et de l'Éducation nationale[23]. On ne pourra faire sauter la « prépondérance » de la France, la prétention et l'arrogance que tous nous reconnaissent de par le monde comme marque distinctive qu'en devenant réellement belges, sénégalais, suisses et québécois. Tant que les écrivains français ne s'auto-provincialiseront pas, et tant que la France ne sera pas sa propre province et celle de tous les autres pays, nous ne pourrons nous sauver de cette sorte particulière de bêtise que nous nommons l'intelligence. Si les interventions militaires françaises à l'étranger, par exemple, et principalement en Afrique, relèvent, d'une part, de la nécessité de faire tourner l'industrie (un général à la retraite explique, dans un documentaire, qu'il a passé une partie de sa carrière à entraîner les Qataris en leur fournissant des armes françaises, de manière à ce qu'ils les cassent régulièrement pour pouvoir les faire racheter), elles tiennent d'autre part à une idée dont le poids n'est pas négligeable, et qui est que la France *doit tenir son rang*, parce qu'elle est au-dessus des autres nations, et que celles qui la dépassent sont bêtes (les États-Unis, la Chine, qui ne fait que copier) ou inutilement cruelles (la Russie). Car notre propre cruauté, nous ne la voyons pas ; pas plus aujourd'hui, où nous traitons les réfugiés comme des déchets, que du temps de Voltaire, qui écrivait en 1764, dans l'article « Torture » du *Dictionnaire philosophique* : « Ce n'est pas dans le XIIIe ou dans le XIVe siècle que cette aventure [celle du chevalier de La Barre] est arrivée, c'est dans le XVIIIe. Les nations étrangères jugent de la France par les spectacles, par les romans, par les jolis vers, par les filles d'Opéra, qui ont les mœurs fort douces, par nos danseurs d'Opéra, qui ont de la grâce, par Mlle Clairon, qui déclame des vers à ravir. Elles ne savent pas qu'il n'y a point au fond de nation plus cruelle que la française. »

Notes :

1. Walter Benjamin, « L'image proustienne », in *Œuvres II*, Paris, Gallimard, « Folio essais », 2000.
2. Allusion au « film de mariage » découvert récemment, où apparaîtrait Proust, descendant un escalier… www.lemonde.fr/big-browser/article/2017/02/15/est-ce-bien-lui-marcel-proust-decouvert-dans-un-film-de-mariage-de-1904_5080283_4832693.html
3. C'est ainsi que Proust lui-même résume l'opinion de Sainte-Beuve sur Baudelaire…
4. Walter Benjamin, *Baudelaire*, Paris, La Fabrique, 2013.
5. Jacques Vaché, *Lettres de guerre*, Paris, Mille et une nuits, 2001.
6. Antoine Compagnon lit, sous les hachures, un « Vraiment il m'emmerde » de Baudelaire à propos de Victor Hugo (in *Un été avec Baudelaire*, Paris, coédition France Inter/Équateurs, 2015).
7. Baudelaire a proposé ses petits poèmes en prose à plusieurs journaux, qui ont tous refusé leur publication ou l'ont interrompue : « C'est tout simplement que mes poèmes ennuyaient tout le monde (m'a dit le directeur [du *Figaro*]). », explique-t-il à sa mère.
8. Dernière phrase de la dédicace des *Petits Poèmes en prose* à Arsène Houssaye (1869).
9. *op. cit.*
10. Mallarmé à propos de Rimbaud.
11. Cf. sa préface aux *Fleurs du mal*, Paris, Livre de Poche, 2003.
12. Jean-Marie Gleize, « Les chiens s'approchent, et s'éloignent », in *Sorties*, Paris, Questions théoriques, 2009.
13. Lettre à Jacques Rivière du 5 juin 1923.
14. Lire le compte rendu de la communication de Matthieu Vernet : *De Baudelaire à Proust, la filiation antimoderne* (mars 2012) : http://compaproust.canalblog.com/archives/2012/03/05/23679391.html
15. Dolf Oehler, *Juin 1848, le spleen contre l'oubli*, Paris, La Fabrique, 2017, p. 273-286.
16. Émissions retranscrites dans *Un été avec Proust*, Paris, coédition France Inter/Équateurs, 2014.
17. Préface de Robert Sctrick, *in* Charles Baudelaire, *Les Fleurs du mal*, Paris, Pocket Classiques, 1989.
18. Cf. le titre de l'ouvrage de référence de Julia Kristeva : *La Révolution du langage poétique*, Paris, Seuil, 1984.
19. Christian Prigent, *La Langue et ses monstres*, Cadex, 1989, réédition P.O.L., 2014.
20. Je me permets de renvoyer au texte « Prigent et la génération de 90 », paru in *Christian Prigent : trou(v)er sa langue*, sous la direction de Bénédicte Gorillot et Fabrice Thummerel, Hermann, 2017 (actes du colloque de Cerisy consacré à l'œuvre de Christian Prigent en 2014).
21. In *Un été avec Proust*, *op. cit*, p. 230.
22. Katalin Molnar, *Kantaje*, Paris, P.O.L., 1996.
23. Lire *maternA*, Paris, Gallimard, 1954 ; rééd. Léo Scheer, collection Laureli, 2007.

Quel dérangement ?

*L'art et la politique n'ont fait qu'*interpréter *le monde, il convient de l'*inventer[1].
Jean-Pierre Cometti

I

La notoriété casse les vies et rend stupide. Les écrivains que nous aimons – Rimbaud, Kafka… – ont eu cette chance de ne pas la connaître. Il faut mourir vite, ou bien qu'on ne vous voie pas. Je ne dis pas qu'il faut être pauvre et alcoolique pour écrire – ça n'aide pas. Je ne parle pas d'un brevet ès qualité ; l'oubli ne la garantit pas plus que la notoriété. Mais qu'il faille préférer la vie de Dickinson à celle de Houellebecq : oui. Ou, à défaut, Ducharme, « le Salinger québécois » (bien meilleur que Salinger). Vous me direz : mais si on est oublié, on n'est pas lu ! – Ah bon ? Rimbaud n'est pas lu, peut-être ? Kafka n'est pas lu ? Comme dirait Proust à propos de Nerval, mieux eût valu qu'ils le fussent moins et mieux vaudrait qu'ils le soient moins.

C'est que la « popularité » n'épargne plus personne. Vous, moi, ce garagiste, ce retraité, cette adolescente – cet enfant, même – pouvons, à n'importe quel moment et en n'importe quel endroit de la Terre, devenir brutalement célèbres, qu'on l'ait voulu ou non. La phrase de Warhol, qu'« à l'avenir, chacun aura[it] droit à un quart d'heure de célébrité mondiale », déjà ambiguë sinon inquiétante, sonne comme une condamnation. Aussi, je ne fais que reprendre un point capital mentionné au passage par Baldwin[2], et qui, à l'époque, regardait les Américains : l'importance de la popularité, aux États-Unis, cette plaie qui oblige tout un peuple à sourire perpétuellement en lançant des exclamations afin de se rendre aimable et à nier toujours la catastrophe dans le béton de laquelle il est pris, juste au-dessus du cimetière indien. Donc, la popularité a connu ces dernières années partout dans le monde une démocratisation fulgurante. La nécessité française d'être aimable en société n'a pas le même arrière-plan historique que l'américaine, mais la nouvelle donne réticulaire (réseaux « sociaux ») et la mode, très vite changée en souci (financier) puis en urgence (financière), a commencé à faire sourire tout le monde en voiture partagée et à assommer le conducteur comme le passager de conseils gentils, de phrases enthousiastes et gentilles, naufrageant un voyage qui, sans ça, aurait pu ne pas être pénible. Il va donc falloir être populaire ; et c'est un boulet supplémentaire.

Ainsi, Proust ne supporte pas que Nerval soit par Beuve qualifié d'aimable et de gentil – « l'aimable et gentil Gérard de Nerval » –, pas plus qu'il ne supportait son Baudelaire « gentil garçon, gagne à être connu, poli, fait bonne impression ». Mais, si l'on se reporte au texte des *Nouveaux Lundis* duquel est extrait « l'aimable et gentil Gérard de Nerval » (les *Entretiens de Goethe et d'Eckermann*), on s'aperçoit que Goethe lui-même, selon Beuve, a écrit une poésie *charmante* : « La traduction de son *Faust* par l'aimable et gentil Gérard de Nerval lui avait fait un vrai plaisir, et il la louait comme très-bien réussie : "En allemand, disait-il, je ne peux plus lire le *Faust*, mais dans cette traduction française, chaque trait me frappe comme s'il était tout nouveau pour moi." Il vérifiait ainsi ce qu'il avait dit autrefois dans une poésie *charmante*, etc. » Pour Sainte-Beuve comme pour nous, conducteurs et passagers d'une nouvelle ère, nos fréquentations, littéraires et mondaines, sont toutes plus charmantes, aimables et gentilles les unes que les autres. Notre surexcitation ne laisse pas d'être sympathique et de tenir dans de solides limites. Ainsi, Goethe écrit des poésies *charmantes*, Don Quichotte est exquis, Stendhal est ravissant, Sade est ensorcelant et Baudelaire vous porte du pain d'épice. Et puis Apollinaire est certes moderne, mais, ouf, il est aussi traditionnel. Beckett est, certes, un peu perché, cependant il est photogénique. Sarraute est parfois dure à lire, mais elle est d'ascendance russe, etc., etc.

Ce que ne supporte pas Proust, c'est qu'on traite Nerval comme ça : « Il est convenu aujourd'hui que Gérard de Nerval était un écrivain du XVIIIe siècle attardé et que le romantisme n'influença pas un pur Gaulois, traditionnel et local, qui a donné dans

Sylvie une peinture naïve et fine de la vie française idéalisée. Voilà ce qu'on a fait de cet homme, qui à vingt ans traduisait Faust, allait voir Goethe à Weimar, pourvoyait le romantisme de toute son inspiration étrangère... », écrit-il. Sans doute on aurait tort de renvoyer la France « modérée » dont il fait en creux le portrait à un passé révolu, antisémite et patriote façon 14-18 : cette France « aquérélée », de campagnes et de clochers, de tour Eiffel et de vins fins, dont même le ciel est « aimable » – car cette France est en vérité aimable, gentille, et charmante à l'égal du poète, lui-même émanation française, mais du XVIIIe, siècle non révolutionnaire plus que pré-révolutionnaire, ici. C'est une France que nous connaissons bien, prête à être intégralement « mise en tourisme », moins parce que la mise en tourisme serait son destin inéluctable, une fois l'industrie et l'agriculture biffées, que parce que nous l'imaginons comme un destin doux ou, disons, le moins dur des destins à nous promis. Si l'endroit où je vis doit être mis en tourisme, un tourisme non populaire (ça ne paye pas), un tourisme moyen ou de luxe, au moins, il ne sera pas saccagé ; au moins, peut-être, et si nous avons de la chance, la douceur du paysage sera restaurée et entretenue, on fera attention à ce qu'il y ait de l'eau, pour que ce soit vert, on n'y plantera pas de choses trop laides ou agressives, on y aura les commerces nécessaires et les commerces jolis, on y disséminera quelques moutons et le loup fera beau dans les montagnes, on astiquera ce qu'il reste de vieilles fermes en gîtes, en décors « côté Sud » ou « côté Ouest », affiches d'époque, boîtes marquetées posées sur la commode, fausses vieilles lampes, robinets à l'ancienne qu'on tourne et n'abaisse pas, là où autrefois (i.e. il n'y a pas longtemps), les gens se serraient encore contre les vaches pour avoir chaud. Et est-ce que vous voulez retourner au temps où on devait se serrer contre les vaches pour avoir chaud ? Et est-ce que vous voulez vivre avec les pauvres ? Que partent les Soudanais et que viennent les Chinois, ou qui vous voulez, du moment que nous aurons le modéré, du moment que nous aurons le tempéré, du moment que nous aurons le tranquille, du moment que nous demeurons du côté de la « grâce mesurée » et non de la « hantise maladive », comme dit Proust, ce que nous pourrions aujourd'hui traduire par : « pas de vagues ».

On aurait pu, par exemple, après les attentats, imaginer des centaines de petits Français partant derechef combattre Daesh en Irak, or cela n'a pas eu lieu, pas même frémi dans les têtes ; on aurait pu, de même, voir par milliers descendre sur les places, au printemps 2016, pour défendre le code du travail, les parents, les grands-parents, angoissés pour leurs enfants, pour leurs petits-enfants – puisqu'on raconte que la progéniture est au centre de toute chose, et qu'on est légitimement inquiet pour son avenir –, mais cela n'a pas eu lieu, cela ne s'est pas vu ; nous restâmes prudemment chez nous ; nous ne quittâmes pas nos territoires et nouvelles grandes régions. Bien sûr, certains partent encore pour l'Australie puissante et ses kangourous bondissants ou le Québec où l'on parle français, mais que d'efforts *démesurés* il faudrait pour rompre avec la tranquillité française telle qu'elle se visite enclose en tel ou tel château maintenu de subventions européennes ou qataries, tel plus beau village de France racheté il y a déjà trente ans par des Anglais et qui offre, au cœur de vignobles replantés, ses portes et ses fenêtres, son dédale de ruelles pavées où des touristes sobres déplorent en pensée la rupture possible d'un talon haut, telle jolie ville anciennement ouvrière et qui logea en une seule grande tour ce qu'il y a d'essentiel dans le monde, comme l'art, le luxe et la haute gastronomie, tel parc naturel ou « géoparc » où l'autochtone mué en guide se charge avec conviction bénévolement de la présentation de merveilles de la région plus ou moins inventées – un bonbon, un gâteau, la copie d'un caillou local. Nous voilà donc enrôlés, à notre corps conscient, car nous savons ce qui est en train de nous arriver.

Or, ce « pas de vagues » d'une France rêvant qu'on se tienne tranquille parce qu'elle s'est rêvée tranquille, *comme au XVIII*[e], qui est la raison pour laquelle on fait frapper si fort dans les manifs et enlever des yeux au flashball, ce « pas de vagues » est ce qui est attendu également de la littérature. Il faut, en littérature, une vague qui se puisse surfer non par tous, mais par les acheteurs de lectures, cadres moyens et retraités, enseignants du supérieur, ou du secondaire pour la littérature jeunesse. La littérature aussi doit se tenir tranquille, l'indignation se caser dans le sujet-verbe-complément, et la brutalité d'une syntaxe sous l'étiquette commode (et à présent désuète) d'OLNI – objet littéraire non identifié –, d'où l'écrivain embarqué, extraterrestre malgré lui (il sait bien que ce qu'il fait ne casse pas des briques), salue aimablement ses lecteurs et -trices souriant en retour à cet excentrique, dont on a du mal à discerner si son roman est vraiment un roman, et alors c'est troublant.

Nous sommes tous plus ou moins embarqués dans ce besoin, pour vivre, de ne pas troubler l'autre, ou du moins de ne pas trop le troubler, de manière à ce qu'il ne lui vienne pas à l'idée de nous troubler nous. L'effort de communication des médias et des librairies, par exemple, vise à intriguer sans la repousser une partie de la population qui déjà s'offre à une activité marginale (la lecture de livres de littérature, ou pire, de livres de « sciences humaines », ou pire encore, de théâtre ou de poésie) et entend rester bizarre dans certaines limites. Lire un livre est une activité insolite, et parmi les livres qu'on lit, il y en a d'insolites – et c'est exactement cet adjectif, « insolite », qu'on emploie à tout bout de champ dans les offices de tourisme et sur les sites de voyage –, insolites (ou

« perchés ») mais tout à fait praticables, s'entend, surtout si politiques. C'est-à-dire que pendant que d'autres que les lecteurs de livres insolites et politiques manifestent et se font à l'occasion enlever un œil, il faut bien par manière de compensation, et pour les accompagner en pensée un peu, que les lecteurs d'ex-OLNI ou de romans en relation avec l'actualité se mettent de temps en temps à lire des livres politiques. Et je ne dis pas que les lecteurs de livres insolites et politiques ne manifestent pas, il y en a bien parmi eux qui ont manifesté tout en lisant ces livres, et qui ne voyaient pas pourquoi on devrait abandonner l'un pour mieux faire l'autre (je suis de cet avis). Voilà donc que *Madame Figaro* couronne une héroïne communiste dont l'histoire est racontée par une auteure vraiment de gauche, et contrairement à mon habitude et à *Livres Hebdo* (« *Madame Figaro* élit une gymnaste, une anarchiste et une junkie[3] »), je ne vais pas faire de l'humour là-dessus. D'une part, il m'arrive de lire *Madame Figaro*, donc je ne vois pas pourquoi *Madame Figaro* ne lirait pas ce genre de bouquins voire les miens ; d'autre part, *Madame Figaro* ne couronne (ou n'élit) pas « une gymnaste, une anarchiste et une junkie », elle couronne des livres praticables pour elle. *Madame Figaro* pourra très bien, la prochaine fois, donner son prix à une charge vigoureuse contre elle, à condition que ce soit bien raconté. Ça me rappelle une anecdote rapportée par N., libraire dans l'Est parisien (mais la plupart des libraires ont la même) : entre une dame, qui lui demande « un roman, mais bien écrit ! », « Oui, mais bien écrit comme quoi ? », lui demande N. « Eh bien, comme Anna Gavalda ! », lui dit la dame. On veut bien se taper des histoires sales, mais écrites proprement. Même les ex-OLNI, aujourd'hui « non-fiction », demain autre chose, qui se farcissent la tâche « d'analyser et de raconter le monde », c'est-à-dire de sortir les poubelles et de faire le tri à la main, le font « en soignant [leur] style », la non-fiction se devant de décrire la réalité « sans trop trahir notre goût pour l'écriture[4] », une écriture stylée mais non romanesque. Dans les livres excentriques (« non romanesques »), le roman se loge dans le soin (au sens anglais de *care*) apporté au style, c'est-à-dire à la langue, et c'est le français qu'on romance, c'est sur le français-langue littéraire qu'on nous raconte des histoires. Les universitaires, historiens, sociologues ou spécialistes de tel ou tel poète ou écrivain ou même anthropologues qui, tout soudain, se prennent d'une passion active pour la littérature et veulent eux aussi *en faire*, étant dotés d'une belle plume (ayant suivi de bonnes et solides études), à juste titre reconnue par leurs pairs au sein de l'académie (rien de plus chiant qu'un article technique écrit à la truelle), se lancent et nous pondent tout ce qu'il y a de plus classique, bien entendu potentiellement acclamé par *Madame Figaro*, qui ne demande rien de mieux qu'un essai radical sur l'émeute populaire du moment que c'est « bien écrit », comme dit la dame. Je sais bien que l'anthropologie et la littérature ont historiquement partie liée[5], par exemple, et que les frontières ne sont pas étanches, n'empêche qu'un anthropologue écrira *lisiblement* de la littérature, que son souci scientifique se dira de préférence dans cette « clarté » attribuée, hélas, depuis Louis XIV, à la langue française – dire clairement des choses complexes est son travail. Sous la question qu'un écrivain devrait éventuellement se poser : « *Madame Figaro* (ou un équivalent) peut-elle couronner mon livre ? », il y a la question : « Où est le *dérangement* dans mon livre ? »

II

Je me demande si l'acharnement qu'on a eu, en France, à l'époque dont parle Proust, à dire à quel point le travail de Nerval était « bien français » n'était pas inversement proportionnel à la quantité objective de traits types de littérature « qualité française » qu'il contenait. C'est Alexandre Dumas qui le souligne dans un article, auquel Nerval répond en ouverture des *Filles du feu*[6] – et Dumas, en matière de littérature qualité française, il s'y connaît. Après le ça-va-de-soi et la précaution (désormais beuvienne, mais anticipée ici par Dumas) que nous identifions à présent parfaitement – « C'est un esprit charmant et distingué », écrit-il, pour mieux confirmer ensuite à peine entre les lignes que Nerval est complètement dingue –, l'auteur des *Trois Mousquetaires* précise sa pensée : ce poète charmant avance des « théories impossibles » et fait des « livres infaisables » ; plus loin dans le texte, Nerval copiera d'ailleurs l'adjectif en italiques : livres *infaisables*, reprenant l'étiquette supposée infamante, mais vraie, négatif *ad hoc* de celle qu'il s'était inventée pour lui-même : réaliste et fantaisiste ; réaliste-fantaisiste *à la Jean-Paul*[1], s'entend, c'est-à-dire dans une forme d'assemblage de proses juxtaposées les unes aux autres de façon visible, narrativisées mais sans cesse interrompues (pas beaucoup d'huile dans les rouages), où l'amorce (ici, dans *Angélique*, première nouvelle des *Filles du feu*) est fournie par une nécessité vitale, un enjeu judiciaire et politique, et une question théorique.

Comme je sais que ça fait beaucoup, et que la spécialité d'un(e) fantaisiste-réaliste, c'est d'en mettre un peu trop, de le regretter ensuite, mais de le laisser quand même, j'explique illico brièvement, comme ça vous pourrez picorer ci-dessous ou lire intégral, au choix. La nécessité vitale, c'est le roman-feuilleton : au XIXe, un écrivain comme Nerval ne vit ni de la vente de ses livres, ni des subventions du Centre national du livre, ni d'ateliers pour les pauvres des banlieues ou les établissements scolaires en mal de profs ; la presse le rémunère – y compris pour des poèmes, parfois (raison pour laquelle une dédicace à Calmette du *Figaro* demeurera tout aussi importante qu'une dédicace à Hugo ou Dumas). L'enjeu judiciaire et politique a pour cause un amendement voté en 1850 qui interdit le roman-feuilleton et contraint les journaux à ne publier à leur place que des biographies ou récits historiques, et la question théorique est celle du « Vrai » en littérature.

Si, en effet, *Angélique* se présente officiellement comme une série de lettres adressées au directeur du journal *Le National* et surtout une enquête menée par Nerval lui-même, à la première personne, d'Allemagne en France, à la recherche d'un livre sur un certain « abbé de Bucquoy », livre et abbé dont il entend tirer une matière suffisante pour l'écriture d'un feuilleton à paraître dans la presse[8], ce qui lui donne ordinairement de quoi vivre, la *motivation* (et non le motif) de ce texte est issue d'un amendement voté en juillet 1850, l'amendement Riancey[9], et ses conséquences pratiques et théoriques. Cet amendement condamne les journaux qui publient des « feuilletons-romans », auxquels on ordonne se faisant de s'en tenir à la publication de récits strictement historiques sous peine d'amende (c'est l'établissement d'une forme de censure par l'argent), les ex-feuilletonnistes étant censés s'aligner s'ils veulent manger. Nerval écrit : « Mais je commence à m'effrayer aujourd'hui des condamnations suspendues sur les journaux pour la moindre infraction au texte de la loi nouvelle. Cinquante francs d'amende par exemplaire saisi, c'est de quoi faire reculer les plus intrépides : car, pour les journaux qui tirent seulement à vingt-cinq mille, – et il y en a plusieurs –, cela représenterait plus d'un million. On comprend alors combien une *large* interprétation de la loi donnerait au pouvoir des moyens pour éteindre toute opposition. » On a bien du mal aujourd'hui à concevoir que la parution d'un roman, fût-il feuilleton, puisse avoir des répercussions politiques assez puissantes pour concourir à « éteindre toute opposition » ; et pour cause : le roman « arme politique » n'est qu'une métaphore à usage strictement littéraire et commercial, en cette rentrée 2017[10] ; c'est-à-dire que ça n'a aucune importance, et ça n'a aucune importance parce que ça n'a aucune conséquence réelle, et tant que ça n'a aucune conséquence réelle, ça n'a aucune importance. Or, en 1850, le pouvoir en place vise précisément des romans-feuilletons comme *Les Mystères de Paris* d'Eugène Sue, qui répandent dans le public des idées subversives (on pense qu'il a joué un rôle dans le déclenchement de l'insurrection de juin 1848).

Nerval refuse de se soumettre à cet amendement, *d'autant plus qu'il n'est pas romancier* – il ne cesse ironiquement de le répéter dans un récit qui est une véritable démonstration par l'absurde. Son enquête révèle ainsi qu'il n'y a pas *un* livre mais *deux* livres sur l'abbé de Bucquoy, et que l'un est classé dans les documents historiques, et l'autre dans les romans… S'il a tant de difficultés à mettre la main sur ce livre, qui n'est pas rare (il le pressent partout), c'est que les bibliothécaires ne comprennent pas où il est classé ! Même la science bibliothécaire s'embrouille dans le vrai et le faux, face à un narrateur pseudo-déboussolé, qui a des sueurs froides chaque fois que le Bucquoy est *genré* roman… car il doit « écrire sa biographie selon des données irréprochables » et ne plus s'exposer « à perpétrer un *roman-feuilleton* ». L'amendement Riancey est à la fois une catastrophe et une aubaine pour quelqu'un comme Nerval, et c'est indirectement de là, de cette intrication de données autobiographiques, paragraphes sensibles, relevé de chansons populaires, échappées théoriques, humour et pointes ravageuses (Nerval finit toujours par être arrêté par la police faute de passeport – dans les *Nuits d'Octobre*[11], il passe la nuit au poste ; dans *Angélique*, il tombe sur un commissaire… qui a écrit une tragédie : « Un péril succédait à un autre ; – le commissaire paraissait disposé à nous inviter à dîner pour nous lire sa tragédie » !), que viendra la *Recherche*, c'est là que Proust prendra de quoi écrire un « roman » qui n'est pas un roman. Indirectement ou assez directement ; ainsi de ce beau passage sur « la langue des paysans » d'Île-de-France, « à peine modifiée par une prononciation où les désinences des mots montent au ciel à la manière du chant de l'alouette… Chez les enfants cela forme comme un ramage. Il y a aussi dans les tournures de phrases quelque chose d'italien, – ce qui tient sans doute au long séjour qu'ont fait les Médicis et leur suite florentine dans ces contrées, divisées autrefois en apanages royaux et princiers». Pourtant, la lecture proustienne de Nerval, et singulièrement de *Sylvie* – le récit *a priori* le plus proche de la *Recherche* –, n'est pas si féconde et moins utile qu'on pourrait croire à la compréhension de l'un et de l'autre. La marque profonde qu'ont laissée les modèles de Nerval – qu'il énumère à la fin d'*Angélique* : Sterne, Swift, Rabelais, Pétrone, Lucien[12] ; soit les irréguliers de la narration – s'y efface, s'y lisse dans un souci d'«égalisation» dont Gérard Macé souligne la dimension esthétique dans une préface datée de 2005 («l'absence de hiérarchie entre les diverses expériences, ainsi qu'entre les genres nobles et les genres mineurs»), sans en mentionner les effets politiques. Il en déduit «logiquement» une «admirable continuité entre la prose et la poésie, même quand on passe des *Filles du feu* aux *Chimères*» (poèmes par lesquels s'achève en réalité le livre, et qui sont donc *inclus* dans les *Filles du feu*)… mais quelle espèce de continuité, sinon heurtée, peut-il y avoir entre le théâtre de *Corilla*, les quasi-plagiats d'*Émilie* et de *Jemmy*[13], les sauts et les gambades d'*Angélique*, le relevé précis des *Chansons et légendes du Valois*, et l'opacité codée et corsetée des *Chimères* ? Nerval est liquide dans l'estomac de Proust, c'est là qu'il y chante en continu ; quant à sa propre économie digestive et à son régime, je crois qu'il faut lui faire confiance quand il parle de dérangement : « mais l'écrivain fantaisiste, exposé à perpétrer un *roman-feuilleton*, fait tout déranger, et dérange tout le monde pour une idée biscornue qui lui passe par la tête ».

III

Je dis souvent que je lis les romans comme une lectrice de roman (i.e. sans expertise autre et sans souci particulier), mais que pour la poésie, c'est différent. Je suis avec la poésie, son histoire, sa fabrique, son personnel, ses familles, comme un chien à truffes avec les truffes : je la sens, je la renifle, je repère frétillante les arbres au pied desquels on peut pisser et ceux au pied desquels on gratte, on fouille, on dégage délicatement le trésor. Je suppose que cela vient d'une fréquentation ancienne et d'une reconnaissance initiale – et sans doute initiatique, pour une part –, quand, à 16 ans, j'ai lu Lautréamont. J'ai tout de suite su que c'était ça. J'ai beaucoup aimé Dostoïevski, à la même époque, mais ce n'était pas ça comme Lautréamont était ça. Et ensuite, je n'ai pas cessé de vouloir convertir tout le monde, enfin, tout le monde autour de moi : mes copines. Je les bassinais avec Lautréamont, et puis les surréalistes, et puis Dada. Je me souviens qu'il y avait un jeune marxiste survivant, seul de son espèce en terminale (on était au milieu des années 1980), qui nous disait qu'il fallait absolument lire Poulantzas ; eh bien, en ce qui me concerne, c'était exactement la même chose, mais avec Lautréamont. Ce sont des années de solitude terribles ; je suis heureuse pour lui qu'aujourd'hui on puisse commencer à reparler de Poulantzas sans qu'on se moque de vous et sans qu'on vous regarde avec des yeux en billes de loto.

Et donc, vous pouvez me croire, c'est vraiment intéressant ce que je raconte ci-dessous, même si ça parle de poésie.

Ce qu'il y a de passionnant, dans *Les Filles du feu*, c'est que c'est un livre qui règle, avant Baudelaire, le passage vers-prose *dans les deux sens*, de cette façon complexe et passionnante où l'on reconnaît, à peine transposé, l'élan et la subtilité du Witz, l'ironie romantique capable de porter à son sommet l'idée d'une poétique du dérangement, « littéralement et dans tous les sens » – remise en cause de la raison raisonnante et rationnelle et de l'ordre établi, à tout le moins. Le polygénérisme d'*Angélique*, dans *Les Filles du feu*, redoublé par le polygénérisme du livre lui-même, peut être entendu comme un acte, au sens quasi juridique du terme (opposé ici à l'amendement Riancey, dont l'objectif est de « remettre de l'ordre »), puisque Nerval y manifeste clairement son intention de poser la littérature (et le poète) comme ce qui « fait tout déranger ». Une première lecture du livre laisse parfois supposer que les *Chimères*, où l'on reconnaît au fur et à mesure les thèmes abordés dans les proses précédentes des *Filles du feu*, seraient une sorte de condensation finale, extrême et très poétique, du livre entier. Or, cette condensation semble plutôt à l'œuvre dans *Sylvie*, la nouvelle la plus linéaire, la plus « achevée », et sans doute la plus approchante de cette « composition claire » dont Nerval rêvait ; celle aussi où le retour critique sur sa propre jeunesse, et donc la jeunesse du romantisme français (soit la génération de 1830) est la plus certaine et la plus amère, Sylvie se changeant de fille du feu en ouvrière à la fin du texte, et chantant, au grand désespoir du narrateur, des airs d'opéra au lieu des chansons populaires du Valois. Si l'on s'attache à tenter de comprendre la bizarrerie de composition du livre – et en particulier l'irruption des poèmes en sa toute fin –, viennent d'abord trois explications simples.

La première, que ce « rajout » a été provoqué par l'article de Dumas, auquel Nerval voulait visiblement régler son compte : puisque ce dernier révèle que le caractère « infaisable » et « chimérique » de son projet littéraire est dû à une folie avérée, qu'à cela ne tienne, tu vas les avoir, tes *Chimères*, et encore plus hermétiques et folles que tout ce que tu aurais pu imaginer dans ta pauvre tête de mousquetaire, impeccablement composées par-dessus le marché, en sonnets, comme il se doit… et comme ultime hommage et bras d'honneur aux siècles passés de poésie et de langue française claires – comme ultime bras d'honneur au classicisme.

La deuxième, que les reprises thématiques l'imposent, ce choix, avec une grande évidence, dans *Octavie* plus encore que dans *Sylvie*, par exemple, où l'on retrouve les leitmotivs nervaliens, la recomposition des souvenirs, la mythologie, le théâtre, et le désespoir de ce que l'idéal ne puisse correspondre à la réalité.

La troisième, que les proses, *comme les poèmes*, ne comportent pas seulement des traces mais *sont* les traces (parfois recopiées telles quelles) des recherches préalables effectuées par Nerval pour recueillir la matière nécessaire à ses feuilletons destinés à la presse, mais aussi la matière indispensable au déchiffrement de sa vie même et à l'élaboration d'une poétique qu'il nomme ailleurs « fantaisie réaliste », non séparable de cette vie.

La quatrième et la cinquième, capitales, anticipent Baudelaire et presque le dépassent :

Si l'on va, d'abord, dans le sens du livre (les vers *après* la prose), il y a bien, dans les *Chimères*, comme une intensification du je prosaïque, une lyricisation logique de ce je lorsqu'il passe aux vers. Au début d'*Angélique*, on lit : « Ainsi moi, le brillant comédien naguère, le prince ignoré, l'amant mystérieux, le déshérité, le banni de liesse, *le beau ténébreux*[14], adoré des marquises », etc. ; le « beau ténébreux», c'est l'illustre Brisacier, ce comédien au nom burlesque du roman de Scarron[15], que Nerval s'entraîne à «refaire» au tout début de son propre livre (le livre autant que le personnage, auquel il s'identifie). Ce beau ténébreux de comédie ouvre *tout autre* les sonnets des *Chimères*, par leur premier vers :

«Je suis le ténébreux, le veuf, l'inconsolé»

image du désespoir absolu, dans un poème écrit, de l'aveu même de l'auteur, au cœur d'une hallucination. De même, telle jolie phrase dans *Angélique* : «Je revois sa fenêtre où le pampre s'enlace au rosier» se change en alexandrin classique et sublime

«Et la treille où le pampre à la rose s'allie»

Cependant, en lisant le livre dans l'autre sens (les vers *avant* la prose, d'arrière en avant ou d'aval en amont) et avec le concours de la prose, avec l'aide des éléments qui nous ont antérieurement été donnés par elle, le «ténébreux» – «El Desdichado» au titre ronflant –, parce qu'il est comme la voix d'un comédien raté qui en ferait trop, l'un de ces «frénétiques», peut-être, qui pensent qu'incendier un théâtre abolira le théâtre (c'est le cas de Brisacier), se change alors en une figure de dérision, l'un de ces poètes attardé dans un siècle qui n'en veut plus, étant passé à autre chose.

La prose, en quelque sorte, anticipe les vers en les délyricisant par avance, cependant que les vers dégonflent rétrospectivement la prose en assenant une fois de plus, mais différemment, que tout cela n'est que comédie… Il s'agit donc d'un double *procès*, et l'on comprend pourquoi, alors, les *Chimères* ne peuvent qu'être lues en miroir des récits, et vice versa, *Les Filles du feu* se constituant en assemblage hétérogène de pièces toutes nécessaires. Le livre est bien une « chimère poétique », mais je n'irai pas jusqu'à dire qu'elle est une chimère « dont le beau corps de prose se termine en queue de poisson poétique[16] », parce que ce corps de prose n'est pas « beau », au sens d'harmonieux : la prose des *Filles du feu* est chimérique, elle-même composite, et plus disparate encore que les poèmes. *Les Filles du feu*, c'est le désordre.

IV

C'est en effet là qu'il faudrait reconsidérer le point où nous en sommes quant à Nerval, à son livre, et au monde dans lequel nous vivons. Il ne faudrait pas emboîter négligemment le pas à Dumas, en amadouant ce désordre ou ce dérangement par leur association « logique » avec « mental », Nerval apportant lui-même assez d'éléments, en particulier dans la première version d'*Angélique*, au titre explicite de *Les Faux Saulniers*, pour n'en pas demeurer au simple constat de faillite du romantisme et à une forme de psychologisation de la mythologie à usage strictement interne. Nerval est bien ce contrebandier des lettres, cet écrivain libre parce que dé-francisé et affranchi par le romantisme allemand[17], qui n'a que faire des passeports parce qu'il ne reconnaît pas de frontières à la littérature et à la vie, et que l'injonction générique (ne surtout pas faire un roman, ou faire un roman qui ressemble à un roman, ou de la poésie qui soit vraiment de la poésie – mais pour qui ? sinon des juges) l'amuse, et qu'il se moque d'elle, comme il se moque de tous ceux qui le prennent pour fou et rendent publique cette folie qui « dérange tout le monde pour une idée biscornue ». La dimension immédiatement politique de ce dérangement, nul besoin d'une interprétation ou d'une analyse de texte pour la « dégager », il suffit de lire : *Les Faux Saulniers* ont paru dans *Les Illuminés ou les précurseurs du socialisme* ; pour Nerval, le lien entre socialisme et illuminisme est évident. Les Illuminés, ce sont ceux qui, dès le XVIIe siècle, critiquent la monarchie absolue et préparent 89, Jacques Cazotte aussi bien que Pierre Leroux, Restif de La Bretonne autant que Fourier, et Proudhon aussi bien que l'abbé défroqué de Bucquoy, qui suggère que si les contrebandiers l'avaient eu à leur tête « leurs affaires seraient en meilleure posture », dit en plein cabaret que « Dieu récompense ceux qui agissent pour le bien de tous » avant de se moquer des dévots de son époque (on est sous Louis XIV) : « L'autre [dit que] “la charité, en tant que charité, doit toujours être fondée sur l'espérance de la béatitude éternelle". Grave question, Messieurs ! » Seulement, l'amour de Nerval pour la mythologie et ses petits dieux n'est pas que littéraire : il attend *pour de vrai* le retour du paganisme – et d'une certaine manière il travaille par ses textes à les dé-littérariser, à les dé-mythologiser, tout comme il travaille à incarner ses allégories, plus proche en cela d'un Boèce ou d'une Christine de Pizan que d'un poète « symboliste » ou d'un peintre préraphaélite. Sans doute ne conçoit-il pas de changement politique possible sans bouleversement symbolique, sans une *conversion* des imaginaires (et il va bien au-delà du déisme des révolutionnaires). Si nous ne sommes pas encore en état d'entendre ce qu'il dit de cette conjonction entre retour du paganisme et révolte contre l'ordre établi, ce n'est pas qu'il explique mal ou que nous ne sommes pas assez farfelus, c'est que nous sommes sourds, de cette surdité d'avant les révolutions. Il ne s'agit pas simplement de s'opposer à l'ordre trait pour trait, point par point, et comme en miroir inversé, mais de se constituer une réserve inaliénable de biens symboliques qui lui soit inaccessible parce qu'inconcevable – c'est pourquoi la qualification de « fou » et toutes ses déclinaisons (« excité », « perché », etc.) lui vient « naturellement », tout comme « chimérique » et « infaisable » est venu à l'esprit d'Alexandre Dumas à propos du travail de Gérard de Nerval. Oui, nous avons à faire de l'« infaisable », qui n'entre pour le moment dans aucune limite perceptible ni repérable. On se plaint souvent que ce qu'on fait de plus inventif soit sans cesse « récupéré » : c'est justement que ceux qui « récupèrent » n'en ont pas eu l'initiative, et nous tenons là rétrospectivement la preuve que nous pouvons à l'avenir refaire de l'infaisable – parce que nous l'avons *déjà* fait par le passé, et que c'est même notre tâche spécifique. Parlant d'infaisable, je ne pense pas par là à des sorties qui ne seraient qu'esthétiques, mais à des actes simples et symboliques forts, comme ce geste d'arracher la chemise d'un directeur des ressources humaines (un beau geste, au demeurant), des actes et des dates à transmettre (le jour de l'« apéro chez Valls », par exemple, quand des participants aux Nuits debout partirent dans Paris vers l'adresse du Premier ministre), à se dire, à écrire et à dessiner, comme les révolutionnaires peignirent des assiettes, encore visibles aujourd'hui au musée Carnavalet. Il ne me semble pas que ces actes soient facilement récupérables…

Nerval savait que l'invention littéraire telle qu'il y œuvrait ne dé-bornait et débordait pas seulement la littérature de son temps, que sa puissance évocatoire et pratique participait d'un mouvement de fond susceptible de soutenir quelque chose comme un événement à venir, de la même manière que *Les Mystères de Paris* avaient aidé, à leur époque, à nommer et réveiller la révolte. Des *Filles du feu*, il avouait avoir peur « que cela n'ait l'air d'un livre dangereux » – du feu sans doute elles naissent, mais ce sont aussi des filles-chimères qui foutent le feu… Ce qui est sûr, c'est qu'il a compris, et accompli, le seul peut-être en France, l'association de souffle divin et d'humour du Witz, celle qui donne assez de feu et de jeu pour incendier la poésie et le théâtre social pour de vrai.

Notes

1. Citation extraite de *Onze thèses sur l'art et le marché de l'art* (il s'agit de la onzième thèse), in *L'Art et l'argent*, Paris, éditions Amsterdam, 2017.
2. James Baldwin, *Retour dans l'œil du cyclone*, Paris, Bourgois, 2015.
3. *Livres Hebdo* daté du 18 juin 2014. http://www.livreshebdo.fr/article/madame-figaro-elit-une-gymnaste-une-anarchiste-et-une-junkie
4. Citations extraites du site https://www.nonfiction.fr/home.htm
5. Lire à ce propos François Laplantine, *L'Anthropologie*, Paris, Petite Bibliothèque Payot, 1995.
6. Gérard de Nerval, *Les Filles du feu*, 1854. En poche, une bonne édition, relativement récente, procurée par Bertrand Marchal, avec une préface de Gérard Macé, Gallimard, « Folio classique », 2005.
7. Jean-Paul Richter (1763-1825), écrivain romantique allemand que Nerval a traduit – de même que Goethe (traduction de *Faust* en 1827), Schiller et Hoffmann. Nerval n'aurait pas lu Novalis.
8. Le texte prévu, « Histoire de l'abbé de Bucquoy », paraît en 1852 dans un *autre* livre, *Les Illuminés ou les précurseurs du socialisme*.
9. Pour des précisions sur l'amendement Riancey et l'amendement Tinguy, qui oblige tout journaliste à signer ses prises de position, lire la note de bas de page 363, *in* Gérard de Nerval, *Les Filles du feu*, *Œuvres complètes*, tome XI, édition de Jean-Nicolas Illouz, Paris, Classiques Garnier, 2015.
10. Lire, entre autres, cet article paru à la mi-août 2017 : http://www.lesinrocks.com/2017/08/15/actualite/la-meilleure-arme-politique-11974148/
11. Les *Nuits d'octobre* paraissent en plusieurs livraisons dans *L'Illustration*, d'octobre à novembre 1852.
12. Nerval oublie Diderot. Le souvenir de *Jacques le fataliste* est indéniable dans *Angélique*, où le narrateur ne cesse de nous promettre l'histoire de l'abbé, comme on nous promettait l'histoire des amours de Jacques.
13. *Jemmy* est en fait la traduction d'une nouvelle publiée à Zurich en 1834, « Christophorus Bärenhaüter im Amerikanerlande » ; *Émilie* est le plagiat d'un texte paru dans *Le Messager* en 1839, « Le Fort de Bitche ». Pour plus de renseignements sur l'origine de ces récits, lire les notes de l'édition de B. Marchal, *op.cit.*
14. C'est moi qui souligne.
15. Paul Scarron, *Le Roman comique*, publié en deux parties, la première en 1651 et la seconde en 1657.
16. L'expression est de Bertrand Marchal, *op. cit.*
17. Le clou est encore et heureusement enfoncé dans l'édition des *Filles du feu* déjà citée de Jean-Nicolas Illouz.

Le dernier chorégraphe, vers et prose

I. Vers.

Le déontique, concernant Proust, nous domine
c'est-à-dire qu'il faut
il faudrait
dit François Bon
libérer Proust une bonne fois de ces pédants qui voudraient le tenir à distance à cause de ses duchesses –
l'extrême sensibilité de Proust
dit Stéphanie Eligert
je la mets au service du prolétariat –
et nous tous
posant à nouveau la question volontariste
de la valeur d'usage de cette littérature
de ce que fait Proust
et de ce qu'il fait faire
ou ferait faire s'il n'était pas capturé par ces pédants
s'il n'était pas
la propriété du *Figaro* et de la grande bourgeoisie de droite –
(dit Eligert)
celle qui vota Fillon
Fillon

naguère ministre
que Proust d'ailleurs décrit par anticipation
dans *Le Côté de Guermantes*
Fillon aussi bien que Macron
distinguant des gommeux les deux catégories
celle
douce et bienveillante mais feinte –
des aristocrates
de celle au ton tranchant et hautain à l'égard d'un inférieur –
de la finance
ainsi
déjà du temps de Proust virevoltent en costume étroit bleu-violet sur le quai des gares les gommeux de la finance épanouis à la vue de ceux qui réussissent
indifférents à celle des autres
qui ne sont rien –
mais déjà ni Fillon ni Macron
ne s'y sentent visés
attrapant rétrospectivement dans leur course
sur le quai des gares
les tarmacs des aéroports
les couloirs ministériels
ou en épousant leur professeur de lettres classiques
une *idée proustienne* de la sensibilité
ou alors l'idée d'une *sensibilité proustienne*
où l'hyperesthésie auditive et tactile et de tous les sens

est si bien dite
qu'ils croient qu'elle est leur propriété
ne leur a-t-on pas répété
dès les classes préparatoires aux grandes écoles
qu'ils étaient l'élite de la nation et que
sortant de là
ils sauraient parler de tout –
reconnaissant alors dans les longues phrases du long livre
leur propre capacité à mémoriser beaucoup
lire un peu de latin
goûter un panorama
ou un vaste poisson
et dans le groupe nominal « vaste poisson »
la prégnance de « vaste »
peut-être une réminiscence de « vates »
qui sait
le prophète
le poète
qu'ils sont sans doute
puisqu'ils veulent *faire*
ils ont cette obsession du *faire*
quoi qu'il en coûte
et par tous les moyens
ce « par tous les moyens » qui fut et demeure
depuis les guerres de Louis XIV au moins la formule clé
du militaire français
c'est-à-dire du gouvernant français
reprise fameuse où tous les généraux finissent

par s'unir un jour tandis que nous
pauvres de nous et pourtant riches
plantons et re-plantons le Changer la vie –
drapeau pirate tout éborgné
par les tirs des canons des
flash-balls
et à notre tour voulons leur reprendre ce qu'ils nous ont pris
car nous avons un certain nombre de choses à reprendre
et pressés par leur vitesse et l'accélération qu'ils entendent
imprimer
partout dans l'idée que rien n'a lieu sans *forcer*
dans cette vue bornée
où la constipation prime
que seul advient ce qui a été *conquis*
à la sueur de son front ou de celui de ses ancêtres
nous *voulons* à notre tour et pour notre malheur peut-être
quand nous échappe cette chose capitale :
que Proust est a-déontique
a voulu le sans-vouloir
et l'a ni plus ni moins déployé sur les deux mille quatre cents pages de l'édition *Quarto* de chez *Gallimard*
dont nous ne pouvons qu'espérer qu'elle est moins abominable –
que l'édition de la *Nouvelle Revue Française* en seize volumes

(écrit Samuel Beckett
dans son avant-propos de 1930
à son texte sur Proust)
On ne trouvera ici aucune allusion à la vie et à la mort légendaires de Marcel Proust
(ajoute-t-il)
ni aux potins de la vieille douairière de la correspondance
ni au poète
ni à l'auteur des essais
ni à son eau de Seltz
(précise-t-il)
Et on ne peut faire mieux.

II. Prose.

C'est page sept cent cinquante-cinq du gros *Quarto* de chez *Gallimard* autant que tout au long du long livre qu'on a l'indication simple de la raison pour laquelle Proust élit de préférence à la mémoire volontaire l'autre (l'involontaire). Dans une même page de ce gros *Quarto*, donc, on lit d'abord : « quand, comme les mauvais peintres, nous donnions à tout notre passé étendu sur une même toile les tons conventionnels et tous pareils de la mémoire volontaire », puis : « en revanche quand, dans la rêverie, nous réfléchissons, nous cherchons, pour revenir sur le passé, à ralentir, à suspendre le mouvement perpétuel où nous sommes entraînés, peu à peu nous revoyons apparaître, juxtaposées, mais entièrement distinctes les unes des autres, les teintes qu'au cours de notre existence nous présenta successivement un même nom ». Le long livre est une rêverie, est un livre de chercheur au sens le plus laborantin du terme aussi, qui est la condition de la recherche sans application, sans volonté particulière d'aboutir, sinon à l'établissement d'une concordance, dit Proust page sept cent quatre-vingt-quatre, une concordance entre le monde dans lequel nous sentons et celui dans lequel nous pensons et nous nommons, concordance qui, toutefois, prend-il bien garde d'ajouter, ne saurait combler l'intervalle entre ces mondes. La *Recherche* est un livre d'intervalles. Les plus beaux intervalles qu'il a su saisir sont tous là, au fond, dans ce gros *Quarto*, et dans l'art d'une actrice, la Berma, « qui était fait[e] de raisonnements d'une autre profondeur que ceux dont on apercevait la trace dans les gestes de ses camarades, mais de raisonnements ayant perdu leur origine volontaire, fondus dans une sorte de rayonnement [...] la Berma étendait de vastes nappes de terreur, de tendresse, sur les mots fondus également, tous aplanis ou relevés [...] ». Le reflet parfait de la Berma ne doit pourtant pas escamoter une phrase de Françoise, disant du narrateur que « le voulu ne [lui] allait pas ». La vérité du livre se tient à l'égal dans le geste de l'actrice et dans la langue de la servante, dont on sait que le narrateur y admire un français ancien, retenu comme un insecte dans l'ambre depuis Madame de Sévigné. La raison pour laquelle Françoise dit, page sept cent quatre-vingt dix-huit, que le « voulu » ne lui va pas, tient en ce qu'elle sait que « cela ne [lui est] pas naturel et ne [lui sied] pas » – elle en fait en quelque sorte une question d'élégance, presque vestimentaire. Mais le narrateur ajoute, juste avant et comme en « chapô », « Il est vrai qu'elle aimait encore moins quand je parlais en maître ». L'exercice de la volonté est lié au magistère dans une acception large, au pouvoir des maîtres et à l'obéissance des domestiques, dans le sens plus précis que débusque le narrateur dans la phrase de Françoise. Ce que les deux ont en commun, maîtres, domestiques, page sept cent cinquante-neuf, dans un passage où Proust anticipe Rancière reprenant Proust, c'est la rêverie, c'est-à-dire dans les deux cas, Rancière, Proust, le fait d'avoir des yeux indépendants des bras, d'où l'on tire comme conclusion possible l'indépendance de tout le corps à la fois et même de la personne : on se souvient que Rancière, dans *Le Spectateur émancipé*, donne l'exemple de cet ouvrier occupé à parqueter et qui, levant les yeux du plancher, qui lui prend les bras, vers une fenêtre ouverte sur un jardin, en apprécie « la spacieuse perspective [et en jouit] mieux que les possesseurs des maisons voisines », que dis-je, « il plane », « en idée » peut-être, mais il plane. Cette idée lysergique de la liberté est assez éloignée du trio « liberté, égalité, fraternité » et de son origine révolutionnaire pour que l'auteur bétonne conceptuellement son écho proustien : « [S'emparer de la perspective], c'est rompre le partage entre ceux qui sont soumis à la nécessité du travail des bras et ceux qui disposent de la liberté du regard. [...] [Cette appropriation esthétique] définit la constitution d'un autre corps qui n'est plus "adapté" au partage policier des places, des fonctions, et des compétences sociales. » Eh bien, on retrouve chez Françoise, parce qu'elle est un être humain peut-être, cette même liberté du regard, et cette manière qu'il a de voleter par la fenêtre à la moindre occasion : « En jetant avec dextérité, dans le même temps qu'elle tournait la poignée de la croisée et prenait l'air, un coup d'œil désintéressé sur le fond de la cour, elle y dérobait furtivement la certitude que la duchesse n'était pas encore prête, couvait un instant de ses regards *dédaigneux* et passionnés la voiture attelée, et, cet instant d'attention une fois donné par ses yeux aux choses de la terre, les levait au ciel dont elle avait d'avance deviné la pureté en sentant la douceur de l'air et la chaleur du soleil [...] » – ce en quoi nous tenons une preuve que la domesticité proustienne est supérieure à l'ouvrier ranciérien, puisqu'elle plane au ciel, soit bien au-dessus des perspectives, et qu'elle tient de son maître des sens suffisamment exacerbés pour cueillir les plus atmosphériques sensations, la douceur de l'air, la chaleur du soleil, la pureté du ciel. Mieux, c'est par son regard, et par son regard seulement, qu'elle est (et le passage précède d'une poignée de lignes celui de Françoise, qu'on vient de citer) l'exacte égale de la duchesse de Guermantes, « [envoyant] indistinctement des sourires et des petits bonjours de la main aux enfants du portier et aux locataires bourgeois de l'immeuble qui passaient à ce moment-là et qu'elle confondait dans sa *dédaigneuse* affabilité et sa morgue égalitaire ». Le dédain, logé dans l'affabilité, cette bienveillance du gommeux noble qui le distingue du gommeux financier « au ton tranchant et hautain », ce dédain donc que Françoise ne peut se permettre, elle le récupère et elle se le réinjecte en quelque sorte dans les yeux, soit la seule partie d'elle-même dont un patron peut affirmer, avec l'assurance qui le caractérise, qu'elle est « libre », ou en tout cas qu'elle ne l'empêche pas de faire son travail, parqueter quand on est menuisier, porter une tisane à son maître dans *Combray*, *I*.

« Mais de se faire un corps voué à autre chose qu'à la domination », écrit Rancière, toujours dans *Le Spectateur émancipé*, et je restitue ici la phrase dans son intégralité : « Car la question n'a jamais été pour les dominés de prendre conscience des mécanismes de la domination, mais de se faire un corps voué à autre chose qu'à la domination », écrit Rancière – à la décharge duquel je me dois d'ajouter qu'il ne connaissait pas ma grand-mère –, « de se faire un corps voué à autre chose, etc. », dit-il, dans une infidélité marquée à Proust, puisqu'un travail de la volonté (le « se faire un corps ») se substitue à un autre (le « prendre conscience »), le narrateur insistant, fort à propos pour nous (je veux dire pour nous tous : Proust, Rancière, vous et moi), page sept cent quatre-vingt seize, « il m'arrivait souvent de dire des choses où il n'y avait nulle vérité, tandis que je la manifestais par tant de confidences involontaires de mon corps et de mes actes (lesquelles étaient fort bien interprétées par Françoise) » : ici, aussi bien hors de la parenthèse qu'en son sein, le domestique se fait lecteur du corps du maître parce qu'attentif à ce corps-là sans doute bien plus qu'au sien, cette tâche étant une part non négligeable de son travail, et peut-être la principale lorsque le maître est malade, le corps du maître étant des deux indubitablement le plus à même d'acquérir « des “passions” qui soient inappropriées à [la] situation », dans une distance qui a le temps de se payer le dissensus qu'une Françoise n'aura pas même l'idée d'oser – mais elle aura, sans savoir que c'en est une, la consolation de couver de regards dédaigneux la voiture attelée d'une duchesse avant de lever les yeux au ciel, et elle aurait eu, prenant le long livre dans lequel fictive elle figure, cette autre consolation d'y lire de la main même du narrateur la description filée de ce qu'on appelait déjà depuis longtemps la « lutte des classes », dans ces lignes que nous avons, nous, tout le loisir de lire : « Comme les lois de l'attaque commandent celles de la riposte, pour ne pas être entamés par les aspérités de mon caractère, [les domestiques] pratiquaient dans le leur un rentrant identique et au même endroit ; et, en revanche, ils profitaient de mes lacunes pour y installer des avancées. Ces lacunes, je ne les connaissais pas, non plus que les saillants auxquels leur entre-deux donnait lieu, précisément parce qu'elles étaient des lacunes. Mais mes domestiques, en se gâtant peu à peu, me les apprirent » – où l'on voit que la connaissance par le maître de sa propre forteresse et de la tactique à même de la défendre est déduite de la tactique elle-même déduite par les domestiques de la connaissance du maître, chacun jouant sur les faiblesses et les défauts d'attention de l'autre dans un rapport qui n'a rien d'amène, d'affable, ni d'un je-ne-sais-quoi aristocratique. Que *perruque* le domestique, qui ne peut emporter chez lui, après l'usine, telle pièce, tel outil, sinon *le temps* – volé aussi par l'ouvrier lorsqu'il « rêve », certes –, ce temps du maître qui ne leur appartient pas ? Et comment « se faire un corps voué à autre chose qu'à la domination » lorsqu'on *n'a pas le temps* ? Je me souviens que ma mère, employée à la Poste dans les années 1960, me racontait que le temps pour aller aux toilettes leur était décompté, et que la chef surveillait à sa montre la durée des pipis des filles ; il est vrai qu'elles pouvaient toujours, assises sur la lunette, songer à leur amoureux. J'entendais l'autre jour à la radio le récit d'une expérience proposée par un chorégraphe aux ouvrières d'une usine, de danser les gestes qu'elles faisaient à l'usine *sans y penser* (la plupart des artistes et des intellectuels croient encore que ceux qui ne le sont pas ont besoin de leurs services pour arriver à penser, preuve s'il en est que tout le monde n'a pas lu Rancière). J'imagine que celles qui ne s'y prêtèrent pas virent peut-être en rêve, l'espace de quelques secondes, le dernier chorégraphe pendu avec les tripes du dernier contremaître. Si tel est le cas, c'est bien qu'elles avaient pris conscience des mécanismes de la domination, et que contrairement à pas mal d'autres, elles en tiraient en songe les conséquences. Tenez, je terminerai par ceci, qui s'est imposé avec force à mon réveil : ma grand-mère, justement, qui n'eut guère le loisir, gantière à domicile et quatre enfants, d'acquérir des passions inappropriées à sa situation. Eh bien, je la vois, assise à la table de la cuisine toujours couverte de pièces de peau, de l'encre pour les teindre, des assiettes du repas et des flacons de Maxiton, avec ses deux paires de lunettes l'une sur l'autre sous la lampe descendue, elle entend qu'on toque à la porte et elle ne bouge pas, car elle a deux cents paires à finir pour la fin de la semaine, et puis qu'on toque encore, alors elle se lève, elle pose le gant qu'elle est en train de teindre, au doigt enfilé sur le grand bâton digital, et elle se dirige vers la porte en faisant trembler le plancher penché, non seulement parce que c'est une femme forte mais parce que l'appartement qu'elle loue est dans une maison tellement vieille qu'on a tous peur qu'elle se casse la gueule un jour, et elle ouvre la porte de la cuisine et distingue dans le couloir sombre deux silhouettes, l'une derrière l'autre, comme on fait la queue à la cantine, c'est Proust, et juste derrière lui Rancière, qui tient devant lui dans ses mains *Le Tocsin des travailleurs*, cette feuille dans laquelle on peut lire l'histoire du menuisier, celui qui regarde par la fenêtre, mais c'est Marcel qui commence à l'entretenir, avec sa gentillesse et sa délicatesse légendaires, et naturellement elle les prend pour des représentants de commerce, qu'est-ce qu'ils peuvent bien vouloir lui vendre de toute façon elle a pas un rond. Tout de même, il s'agit de Marcel Proust ! Et de Jacques Rancière ! Mais comment le saurait-elle ? Nous sommes bien les seuls ici, vous et moi, à savoir que Marcel Proust et Jacques Rancière ont frappé un jour rue Laveyssière, « d'un nom si français d'ailleurs » aurait dit Marcel, et c'est pourquoi, n'étant pas nous, elle leur laisse à peine le temps d'ouvrir la bouche, et sans attendre, leur fait « Ouste ! Du balai ! » d'un geste énergique de la main droite tandis que de la gauche elle leur claque la porte au nez. Notez que je n'ignore pas le caractère un brin « radical » de la scène, comme on dit aujourd'hui, mais je vous assure néanmoins de l'authenticité de la réaction de cette femme pour l'avoir bien connue, car c'est très exactement ce qu'elle aurait fait dans ces circonstances.

Auteurs et textes cités :

François Bon, *Proust est une fiction*, Seuil, 2013.
Stéphanie Eligert, extrait de « 102 boulevard Haussmann », in *Nioques* n° 15, janvier 2016.
Jacques Rancière, *Le Spectateur émancipé*, La Fabrique, 2008.

Annexes

Annexe I : Marcel Proust, *Contre Sainte-Beuve*, « La Méthode de Sainte-Beuve »

Je suis arrivé à un moment, ou, si l'on veut, je me trouve dans de telles circonstances, où l'on peut craindre que les choses qu'on désirait le plus dire – ou à défaut du moins de celles-là, si l'affaiblissement de la sensibilité, qui est la banqueroute du talent, ne le permettait plus, celles qui venaient ensuite, qu'on était porté par comparaison avec ce plus haut et plus sacré idéal à ne pas estimer beaucoup, mais enfin qu'on n'a lues nulle part, qu'on peut penser qui ne seront pas dites si on ne les dit pas, et qu'on s'aperçoit qui tiennent tout de même à une partie même moins profonde de notre esprit, – on ne puisse plus tout d'un coup les dire. On ne se considère plus que comme le dépositaire, qui peut disparaître d'un moment à l'autre, de secrets intellectuels, qui disparaîtront avec lui. Et on voudrait faire échec à la force d'inertie de la paresse antérieure, en obéissant à un beau commandement du Christ dans saint Jean : « Travaillez pendant que vous avez encore la lumière. » Il me semble que j'aurais ainsi à dire sur Sainte-Beuve, et bientôt beaucoup plus à propos de lui que sur lui-même, des choses qui ont peut-être leur importance, quand, montrant en quoi il a péché, à mon avis, comme écrivain et comme critique, j'arriverais peut-être à dire, sur ce que doit être le critique et sur ce qu'est l'art, quelques choses auxquelles j'ai souvent pensé. En passant, et à propos de lui, comme il a fait si souvent, je le prendrais comme occasion de parler de certaines formes de la vie, je pourrais dire quelques mots de quelques-uns de ses contemporains, sur lesquels j'ai aussi quelque avis. Et puis, après avoir critiqué les autres et lâchant cette fois Sainte-Beuve tout à fait, je tâcherais de dire ce qu'aurait été pour moi l'art, si….

« Sainte-Beuve abonde en distinctions, volontiers en subtilités, afin de mieux noter jusqu'à la plus fine nuance. Il multiplie les anecdotes, afin de multiplier les points de vue. C'est l'individuel et le particulier qui le préoccupent, et par-dessus cette minutieuse investigation, il fait planer un certain Idéal de règle esthétique, grâce auquel il conclut et nous contraint à conclure. »

Cette définition et cet éloge de la méthode de Sainte-Beuve, je les ai demandés à cet article de M. Paul Bourget, parce que la définition était courte et l'éloge autorisé. Mais j'aurais pu citer vingt autres critiques. Avoir fait l'histoire naturelle des esprits, avoir demandé à la biographie de l'homme, à l'histoire de sa famille, à toutes ses particularités, l'intelligence de ses œuvres et la nature de son génie, c'est là ce que tout le monde reconnaît comme son originalité, c'est ce qu'il reconnaissait lui-même, en quoi il avait d'ailleurs raison. Taine lui-même, qui rêvait d'une histoire naturelle des esprits, plus systématique et mieux codifiée, et avec qui d'ailleurs Sainte-Beuve n'était pas d'accord pour les questions de race, ne dit pas autre chose dans son éloge de Sainte-Beuve. « La méthode de M. Sainte-Beuve n'est pas moins précieuse que son œuvre. En cela, il a été un inventeur. Il a importé, dans l'histoire morale, les procédés de l'histoire naturelle.

« Il a montré comment il faut s'y prendre pour connaître l'homme ; il a indiqué la série des milieux successifs qui forment l'individu, et qu'il faut tour à tour observer afin de le comprendre : d'abord la race et la tradition du sang que l'on peut souvent distinguer en étudiant le père, la mère, les sœurs ou les frères ; ensuite la première éducation, les alentours domestiques, l'influence de la famille et tout ce qui modèle l'enfant et l'adolescent ; plus tard le premier groupe d'hommes marquants au milieu desquels l'homme s'épanouit, la volée littéraire à laquelle il appartient. Viennent alors l'étude de l'individu ainsi formé, la recherche des indices qui mettent à nu son vrai fond, les oppositions et les rapprochements qui dégagent sa passion dominante et son tour d'esprit spécial, bref l'analyse de l'homme lui-même, poursuivie dans toutes ses conséquences, à travers et en dépit de ces déguisements, que l'attitude littéraire ou le préjugé public ne manquent jamais d'interposer entre nos yeux et le visage vrai. »

Seulement, il ajoutait : « Cette sorte d'analyse botanique pratiquée sur les individus humains est le seul moyen de rapprocher les sciences morales des sciences positives, et il n'y a qu'à l'appliquer aux peuples, aux époques, aux races, pour lui faire porter ses fruits. »

Taine disait cela, parce que sa conception intellectualiste de la réalité ne laissait de vérité que dans la science. Comme il avait cependant du goût et admirait diverses manifestations de l'esprit, pour expliquer leur valeur il les considérait comme des auxiliaires de la science (voir *Préface de L'Intelligence*). Il considérait Sainte-Beuve comme un initiateur, comme remarquable « pour son temps », comme ayant presque trouvé sa méthode à lui, Taine.

Mais les philosophes, qui n'ont pas su trouver ce qu'il y a de réel et d'indépendant de toute science dans l'art, sont obligés de s'imaginer l'art, la critique, etc., comme des sciences, où le prédécesseur est forcément moins avancé que celui qui le suit. Or, en art il n'y a pas (au moins dans le sens scientifique) d'initiateur, de précurseur. Tout dans l'individu, chaque individu recommence, pour son compte, la tentative artistique ou littéraire ; et les œuvres de ses prédécesseurs ne constituent pas, comme dans la science, une vérité acquise, dont profite celui qui suit. Un écrivain de génie aujourd'hui a tout à faire. Il n'est pas beaucoup plus avancé qu'Homère.

Mais, du reste, à quoi bon nommer tous ceux qui voient là l'originalité, l'excellence de la méthode de Sainte-Beuve ?

Il n'y a qu'à lui laisser la parole à lui-même :

« Avec les Anciens, on n'a pas les moyens suffisants d'observation. Revenir à l'homme, l'œuvre à la main, est impossible dans la plupart des cas avec les véritables Anciens, avec ceux dont nous n'avons la statue qu'à demi brisée. On est donc réduit à commenter l'œuvre, à l'admirer, à rêver l'auteur et le poète à travers. On peut refaire ainsi des figures de poètes ou de philosophes, des bustes de Platon, de Sophocle ou de Virgile, avec un sentiment d'idéal élevé ; c'est tout ce que permettent l'état des connaissances incomplètes, la disette des sources et le manque de moyens d'information et de retour. Un grand fleuve, et non guéable dans la plupart des cas, nous sépare des grands hommes de l'Antiquité. Saluons-les d'un rivage à l'autre.

« Avec les Modernes, c'est tout différent. La critique, qui règle sa méthode sur les moyens, a ici d'autres devoirs. Connaître et bien connaître un homme de plus, surtout si cet homme est un individu marquant et célèbre, c'est une grande chose et qui ne saurait être à dédaigner.

« L'observation morale des caractères en est encore au détail, à la description des individus et tout au plus de quelques espèces : Théophraste et La Bruyère ne vont pas au-delà. Un jour viendra, que je crois avoir entrevu dans le cours de mes observations, un jour où la science sera constituée, où les grandes familles d'esprit et leurs principales divisions seront déterminées, et connues. Alors le principal caractère d'un esprit étant donné, on pourra en déduire plusieurs autres. Pour l'homme sans doute, on ne pourra jamais faire exactement comme pour les animaux ou pour les plantes ; l'homme moral est plus complexe ; il a ce qu'on nomme liberté et qui dans tous les cas suppose une grande mobilité de combinaisons possibles. Quoi qu'il en soit, on arrivera avec le temps, j'imagine, à constituer plus largement la science du moraliste ; elle en est aujourd'hui au point où la botanique en était avant Jussieu, et l'anatomie comparée avant Cuvier, à l'état, pour ainsi dire, anecdotique. Nous faisons pour notre compte de simples monographies, mais j'entrevois des liens, des rapports et un esprit plus étendu, plus lumineux, et resté fin dans le détail, pourra découvrir un jour les grandes divisions naturelles qui répondent aux familles d'esprit. »

« La littérature, disait Sainte-Beuve, n'est pas pour moi distincte ou, du moins, séparable du reste de l'homme et de l'organisation… On ne saurait s'y prendre de trop de façons et de trop de bouts pour connaître un homme, c'est-à-dire autre chose qu'un pur esprit. Tant qu'on ne s'est pas adressé sur un auteur un certain nombre de questions et qu'on n'y a pas répondu, ne fût-ce que pour soi seul et tout bas, on n'est pas sûr de le tenir tout entier, quand même ces questions sembleraient les plus étrangères à la nature de ses écrits: Que pensait-il de la religion? Comment était-il affecté du spectacle de la nature? Comment se comportait-il sur l'article des femmes, sur l'article de l'argent? Était-il riche, pauvre; quel était son régime, sa manière de vivre journalière? Quel était son vice ou son faible? Aucune réponse à ces questions n'est indifférente pour juger l'auteur d'un livre et le livre lui-même, si ce livre n'est pas un traité de géométrie pure, si c'est surtout un ouvrage littéraire, c'est-à-dire où il entre de tout.»

L'œuvre de Sainte-Beuve n'est pas une œuvre profonde. La fameuse méthode, qui en fait, selon Taine, selon Paul Bourget et tant d'autres, le maître inégalable de la critique du XIXe, cette méthode, qui consiste à ne pas séparer l'homme et l'œuvre, à considérer qu'il n'est pas indifférent pour juger l'auteur d'un livre, si ce livre n'est pas un «traité de géométrie pure», d'avoir d'abord répondu aux questions qui paraissaient les plus étrangères à son œuvre (comment se comportait-il, etc.), à s'entourer de tous les renseignements possibles sur un écrivain, à collationner ses correspondances, à interroger les hommes qui l'ont connu, en causant avec eux s'ils vivent encore, en lisant ce qu'ils ont pu écrire sur lui s'ils sont morts, cette méthode méconnaît ce qu'une fréquentation un peu profonde avec nous-mêmes nous apprend: qu'un livre est le produit d'un autre moi que celui que nous manifestons dans nos habitudes, dans la société, dans nos vices. Ce moi-là, si nous voulons essayer de le comprendre, c'est au fond de nous-mêmes, en essayant de le recréer en nous, que nous pouvons y parvenir. Rien ne peut nous dispenser de cet effort de notre cœur. Cette vérité, il nous faut la faire de toutes pièces et il est trop facile de croire qu'elle nous arrivera, un beau matin, dans notre courrier, sous forme d'une lettre inédite, qu'un bibliothécaire de nos amis nous communiquera, ou que nous la recueillerons de la bouche de quelqu'un, qui a beaucoup connu l'auteur. Parlant de la grande admiration, qu'inspire à plusieurs écrivains de la nouvelle génération l'œuvre de Stendhal, Sainte-Beuve disait : « Qu'ils me permettent de leur dire, pour juger au net de cet esprit assez compliqué, et sans rien exagérer dans aucun sens, j'en reviendrai toujours de préférence, indépendamment de mes propres impressions et souvenirs, à ce que m'en diront ceux qui l'ont connu en ses bonnes années et à ses origines, à ce qu'en diront M. Mérimée, M. Ampère, à ce que m'en dirait Jacquemont s'il vivait, ceux, en un mot, qui l'ont beaucoup vu et goûté sous sa forme première. »

Pourquoi cela ? En quoi le fait d'avoir été l'ami de Stendhal permet-il de le mieux juger ? Le moi qui produit les œuvres est offusqué pour ces camarades par l'autre, qui peut être très inférieur au moi extérieur de beaucoup de gens. Du reste, la meilleure preuve en est que Sainte-Beuve, ayant connu Stendhal, ayant recueilli auprès de M. Mérimée et de M. Ampère tous les renseignements qu'il pouvait, s'étant muni, en un mot, de tout ce qui permet, selon lui, au critique de juger plus exactement d'un livre, a jugé Stendhal de la façon suivante : « Je viens de relire, ou d'essayer, les romans de Stendhal ; ils sont franchement détestables. » Il y revient ailleurs, où il reconnaît que *Le Rouge et le Noir* « intitulé ainsi on ne sait trop pourquoi et par un emblème qu'il faut deviner, a du moins de l'action. Le premier volume a de l'intérêt, malgré la manière et les invraisemblances. Il y a là une idée. Beyle avait, pour ce commencement du roman, un exemple précis, m'assure-t-on, dans quelqu'un de sa connaissance et, tant qu'il s'y est tenu, il a pu paraître vrai. La prompte introduction de ce jeune homme timide dans ce monde pour lequel il n'a pas été élevé, etc., tout cela est bien rendu ou, du moins, le serait si l'auteur, etc. Ce ne sont pas des êtres vivants, mais des automates ingénieusement construits… Dans les nouvelles, qui ont des sujets italiens, il a mieux réussi… *La Chartreuse de Parme* est, de tous les romans de Beyle, celui qui a donné à quelques personnes la plus grande idée de son talent dans ce genre. On voit combien je suis, à l'égard de *La Chartreuse* de Beyle, loin de partager l'enthousiasme de M. de Balzac. Quand on a lu cela, on revient, tout naturellement il me semble, au genre français, etc. On demande une part de raison, etc., telle que l'offre l'histoire des *Fiancés* de Manzoni, tout beau roman de Walter Scott ou une adorable et vraiment simple nouvelle de Xavier de Maistre ; le reste n'est que l'œuvre d'un homme d'esprit ».

Et cela finit par ces deux paroles : « En critiquant ainsi, avec quelque franchise, les romans de Beyle, je suis loin de le blâmer de les avoir écrits. Ses romans sont ce qu'ils peuvent, mais ils ne sont pas vulgaires. Ils sont, comme sa critique, surtout à l'usage de ceux qui en font… » Et ces mots par lesquels l'étude finit : « Beyle avait, au fond, une droiture et une sûreté dans les rapports intimes, qu'il ne faut jamais oublier de reconnaître, quand on lui a dit d'ailleurs ses vérités. » Tout compte fait, ce Beyle, un brave homme ! Ce n'était peut-être pas la peine de rencontrer si souvent à dîner, à l'Académie,

M. Mérimée, de tant «faire parler M. Ampère», pour arriver à ce résultat et, quand on a lu cela, on est moins inquiet que Sainte-Beuve en pensant que viendront de nouvelles générations. Barrès, avec une heure de lecture et sans «renseignements», en eût fait plus que vous. Je ne dis pas que tout ce qu'il dit de Stendhal soit faux. Mais, quand on se rappelle sur quel ton d'enthousiasme il parle des nouvelles de Mme Gasparin ou Töpffer, il est bien clair que, si tous les ouvrages du XIXe siècle avaient brûlé sauf les *Lundis*, et que ce soit dans les *Lundis* que nous dussions nous faire une idée des rangs des écrivains du XIXe siècle, Stendhal nous apparaîtrait inférieur à Charles de Bernard, à Vinet, à Molé, à Mme de Verdelin, à Ramond, à Sénac de Meilhan, à Vicq d'Azyr, à combien d'autres, et assez indistinct, à vrai dire, entre d'Alton Shée et Jacquemont.

Je montrerai, d'ailleurs, qu'il a en été de même à l'égard de presque tous ses contemporains vraiment originaux; beau succès pour un homme qui assignait pour tout rôle à la critique de désigner ses grands contemporains. Et là, il n'avait pas, pour l'égarer, les rancunes qu'il nourrissait contre d'autres écrivains.

«Un artiste, dit Carlyle…» et il finit par ne plus voir le monde que «pour l'emploi d'une illusion à décrire».

En aucun temps, Sainte-Beuve ne semble avoir compris ce qu'il y a de particulier dans l'inspiration et le travail littéraire, et ce qui le différencie entièrement des occupations des autres hommes et des autres occupations de l'écrivain. Il ne faisait pas de démarcation entre l'occupation littéraire, où, dans la solitude, faisant taire ces paroles, qui sont aux autres autant qu'à nous, et avec lesquelles, même seuls, nous jugeons les choses sans être nous-mêmes, nous nous remettons face à face avec nous-mêmes, nous tâchons d'entendre, et de rendre, le son vrai de notre cœur, et non la conversation! «Pour moi, pendant ces années que je puis dire heureuses (avant 1848), j'avais cherché et j'avais cru avoir réussi à arranger mon existence avec douceur et dignité. Écrire de temps en temps des choses agréables, en lire et d'agréables et de sérieuses, mais surtout ne pas trop écrire, cultiver ses amis, garder de son esprit pour les relations de chaque jour et savoir en dépenser sans y regarder, donner plus à l'intimité qu'au public, réserver la part la plus fine et la plus tendre, la fleur de soi-même pour le dedans, pour user avec modération, dans un doux commerce d'intelligence et de sentiment, des saisons dernières de la jeunesse, ainsi se dessinait pour moi le rêve du galant homme littéraire, qui sait le prix des choses vraies et qui ne laisse pas trop le métier et la besogne empiéter sur l'essentiel de son âme et de ses pensées. La nécessité depuis m'a saisi et m'a contraint à renoncer à ce que je considérais comme le seul bonheur ou la consolation exquise du mélancolique et du sage.» Ce n'est que l'apparence menteuse de l'image qui donne ici quelque chose de plus extérieur et de plus vague, quelque chose de plus approfondi et recueilli à l'intimité. En réalité, ce qu'on donne au public, c'est ce qu'on a écrit seul, pour soi-même, c'est bien l'œuvre de soi. Ce qu'on donne à l'intimité, c'est-à-dire à la conversation (si raffinée soit-elle, et la plus raffinée est la pire de toutes, car elle fausse la vie spirituelle en se l'associant: les conversations de Flaubert avec sa nièce et l'horloger sont sans danger) et ces productions destinées à l'intimité, c'est-à-dire rapetissées au goût de quelques personnes et qui ne sont guère que de la conversation écrite, c'est l'œuvre d'un soi bien plus extérieur, non pas du moi profond qu'on ne retrouve qu'en faisant abstraction des autres et du moi qui connaît les autres, le moi qui a attendu pendant qu'on était avec les autres, qu'on sent bien le seul réel, et pour lequel seuls les artistes finissent par vivre, comme un dieu qu'ils quittent de moins en moins et à qui ils ont sacrifié une vie qui ne sert qu'à l'honorer. Sans doute, à partir des *Lundis*, non seulement Sainte-Beuve changera de vie, mais il s'élèvera – pas bien haut – à l'idée qu'une vie de travail forcé, comme celle qu'il mène, est au fond plus féconde, nécessaire à certaines natures volontiers oisives et qui, sans elle, ne donneraient pas leur richesse. « Il lui arriva un peu, dira-t-il en parlant de Fabre, ce qui arrive à de certaines jeunes filles qui épousent des vieillards : en très peu de temps leur fraîcheur se perd, on ne sait pourquoi, et le voisinage attiédissant leur nuit plus que ne feraient les libres orages d'une existence passionnée.

Je crois que la vieillesse arrive par les yeux
Et qu'on vieillit plus vite à voir toujours les vieux

a dit Victor Hugo. Ainsi pour le jeune talent de Victorin Fabre : il épousa sans retour une littérature vieillissante, et sa fidélité même le perdit. »

Il dira souvent que la vie de l'homme de lettres est dans son cabinet, malgré l'incroyable protestation qu'il élèvera contre ce que Balzac dit dans *La Cousine Bette* : « On a vu dernièrement, on a surpris la façon de travail et d'étude d'André Chénier : on a assisté aux ébauches multipliées et attentives, dans l'atelier de la muse. Combien le cabinet que nous ouvre à deux battants M. de Lamartine et dans lequel il nous force pour ainsi dire de pénétrer est différent. « Ma vie de poète, écrit-il, recommence pour quelques jours. Vous savez mieux que personne qu'elle n'a jamais été qu'un douzième tout au plus de ma vie réelle. Le bon public, qui ne se crée pas comme Jéhovah l'homme à son image, mais qui le défigure à sa fantaisie, croit que j'ai passé trente années de ma vie à aligner des rimes et à contempler les étoiles. Je n'y ai pas employé trente mois, et la poésie n'a été pour moi que ce qu'a été la prière. » Mais il continuera à ne pas comprendre ce monde unique, fermé, sans communication avec le dehors qu'est l'âme du poète. Il croira que les autres peuvent lui donner des conseils, l'exciter, le réprimer :

« Sans Boileau et sans Louis XIV qui reconnaissait Boileau comme son Contrôleur général du Parnasse, que serait-il arrivé ? Les plus grands talents eux-mêmes auraient-ils rendu également tout ce qui forme désormais leur plus solide héritage de gloire ? Racine, je le crains, aurait fait plus souvent de *Bérénice*, La Fontaine moins de *Fables* et plus de *Contes*, Molière lui-même aurait donné davantage dans les *Scapins* et n'aurait peut-être pas atteint aux hauteurs sévères du *Misanthrope*. En un mot chacun de ces beaux génies aurait abondé dans ses défauts. Boileau, c'est-à-dire le bon sens du poète critique autorisé et doublé de celui d'un grand roi, les contint tous et les contraignit, par sa présence respectée à leurs meilleures et à leurs plus graves œuvres. » Et pour ne pas avoir vu l'abîme qui sépare l'écrivain de l'homme du monde, pour n'avoir pas compris que le moi de l'écrivain ne se montre que dans ses livres, et qu'il ne montre aux hommes du monde (ou même à ces hommes du monde que sont dans le monde les autres écrivains, qui ne redeviennent écrivains que seuls) qu'un homme du monde comme eux, il inaugurera cette fameuse méthode, qui, selon Taine, Bourget, tant d'autres, est sa gloire et qui consiste à interroger avidement pour comprendre un poète, un écrivain, ceux qui l'ont connu, qui le fréquentaient, qui pourront nous dire comment il se comportait sur l'article femmes, etc., c'est-à-dire précisément sur tous les points où le moi véritable du poète n'est pas en jeu.

Ses livres, Chateaubriand et son groupe littéraire plus que tous, ont l'air de salons en enfilade où l'auteur a invité divers interlocuteurs, qu'on interroge sur les personnes qu'ils ont connues, qui apportent leurs témoignages destinés à en contredire d'autres et, par là, à montrer que dans l'homme qu'on a l'habitude de louer, il y a aussi fort à dire, ou pour classer par là celui qui contredira dans une autre famille d'esprit. Et ce n'est pas entre deux visites, c'est au sein d'un même visiteur qu'il y a des contradictions. Sainte-Beuve ne se fait pas faute de rappeler une anecdote, d'aller chercher une lettre, d'appeler en témoignage un homme d'autorité et de sagesse, qui se chauffait les pieds avec philosophie, mais qui ne demande pas mieux que d'apporter un petit coup de marteau pour montrer que celui qui vient de donner un tel avis en avait un tout autre.

M. Molé, son chapeau haut de forme à la main, rappelle que Lamartine, quand il apprit que Royer-Collard se présentait à l'Académie, lui écrivit spontanément pour lui demander de voter pour lui ; mais le jour de l'élection venu, il vota contre lui et une autre fois, ayant voté contre Ampère, envoya Mme de Lamartine le féliciter chez Mme de Récamier.

Cette conception si superficielle, nous le verrons, ne changea pas, mais cet idéal factice fut à jamais perdu.

La nécessité l'obligea de renoncer à cette vie. Ayant dû donner sa démission d'administrateur de la Bibliothèque Mazarine, il lui fallut, pour vivre, d'abord accepter un cours à Liège ; puis de faire les *Lundis* au *Constitutionnel.* À partir de ce moment le loisir, qu'il avait souhaité, fut remplacé par un travail acharné. « Je ne puis m'empêcher, nous dit un de ses secrétaires, de me rappeler l'illustre écrivain le matin à sa toilette, griffonnant avec un crayon sur le coin d'un journal quelconque un fait, une idée, une phrase qui lui venait toute faite et dont son esprit avait intérieurement désigné la place où il fallait l'introduire dans l'article en cours de composition. J'arrivais ; il fallait conserver le coin du journal, sujet à s'égarer. M. Sainte-Beuve me disait : « À tel endroit, voyez "ce que je vais mettre…" Il entrait dans mes fonctions de secrétaire de me rappeler en un instant dès le matin, au pied levé, avant même de nous être mis au travail, l'article qu'on écrivait depuis deux jours. Mais le maître m'avait mis vite au fait, et dès longtemps j'étais habitué à ces vivacités de son esprit. »

Sans doute, ce travail le força à mettre dehors une foule d'idées qui, peut-être, s'il s'en fût tenu à la vie paresseuse qu'il prisait au début, n'auraient jamais vu le jour. Il semble avoir été frappé du profit que certains esprits peuvent tirer ainsi de la nécessité de produire (Fabre, Fauriel et Fontanes). Pendant dix ans, tout ce qu'il eût réservé pour des amis, pour lui-même, pour une œuvre longuement méditée qu'il n'eût, sans doute, jamais écrite, dut prendre une forme, sortir sans cesse de lui. Ces réserves où nous tenons de précieuses pensées, celle-ci autour de laquelle devait se cristalliser un roman, celle-là qu'il développerait dans une poésie, telle autre dont il avait, un jour, senti la beauté, se levaient du fond de sa pensée, tandis qu'il lisait le livre, dont il devait parler et, bravement, pour faire l'offrande plus belle, il sacrifiait son plus cher Isaac, sa suprême Iphigénie. « Je fais flèche de tout bois, disait-il, je tire mes dernières cartouches. » On peut dire que, dans la fabrication de ces fusées, qu'il tira pendant dix ans chaque lundi avec un éclat incomparable, il fit entrer la matière, désormais perdue, de livres plus durables. Mais il savait bien que tout cela n'était pas perdu et que, puisqu'un peu d'éternel ou tout au moins de durable était entré dans la composition de cet éphémère, cet éphémère-là serait ramassé, recueilli et que les gens continueraient à en extraire du durable. Et, de fait, cela est devenu ces livres parfois si amusants, parfois même vraiment agréables, qui font passer des moments de si vrai divertissement que quelques personnes, j'en suis sûr, appliqueraient sincèrement à Sainte-Beuve ce qu'il dit d'Horace : « Chez les peuples modernes et particulièrement en France, Horace est devenu comme un bréviaire de goût, de poésie, de sagesse pratique et mondaine. »

Leur titre de *Lundis* nous rappelle qu'ils furent pour Sainte-Beuve le travail fiévreux et charmant d'une semaine, le réveil glorieux de cette matinée du lundi dans cette petite maison de la rue du Mont-Parnasse. Le lundi matin, à l'heure où, l'hiver, le jour est encore blême au-dessus des rideaux fermés, il ouvrait *Le Constitutionnel* et sentait qu'au même moment les mots qu'il avait choisis venaient apporter, dans bien des chambres de Paris, la nouvelle des pensées brillantes qu'il avait trouvées, et excitaient chez beaucoup cette admiration qu'éprouve pour soi-même celui qui a vu naître chez lui une idée meilleure que ce qu'il a jamais lu chez les autres et qui l'a présentée dans toute sa force, avec tous ces détails qu'il n'avait pas lui-même aperçus d'abord, en pleine lumière, avec des ombres aussi, qu'il a amoureusement caressées. Sans doute n'avait-il pas l'émotion du débutant, qui a depuis longtemps un article dans un journal, qui, ne le voyant jamais quand il ouvre le journal, finit par désespérer qu'il paraisse. Mais un matin, sa mère, en entrant dans sa chambre, a posé près de lui le journal d'un air plus distrait que de coutume, comme s'il n'y avait rien de curieux à y lire. Mais, néanmoins, elle l'a posé tout près de lui, pour qu'il ne puisse manquer de le lire et s'est vite retirée et a repoussé vivement la vieille servante, qui allait entrer dans la chambre. Et il a souri, parce qu'il a compris que sa mère bien-aimée voulait qu'il ne se doutât de rien, qu'il eût toute la surprise de sa joie, qu'il fût seul à la savourer et ne fût pas irrité par des paroles des autres, pendant qu'il lisait et obligé, par fierté, de cacher sa joie à ceux qui auraient indiscrètement demandé à la partager avec lui. Cependant, au-dessus du jour blême, le ciel est de la couleur de la braise dans les rues brumeuses, des milliers de journaux, humides encore de la presse et du petit jour mouillé, courant, plus nourrissants et plus savoureux que les brioches chaudes, qu'on brisera – autour de la lampe encore allumée – dans le café au lait, vont porter sa pensée dans toutes les demeures. Il fait vite acheter d'autres exemplaires du journal, pour bien toucher du doigt le miracle de cette multiplication surprenante, se faire l'âme d'un nouvel acheteur, ouvrir d'un œil non prévenu cet autre exemplaire et y trouver la même pensée. Et comme le soleil s'étant gonflé, rempli, illuminé, a sauté par le petit élan de sa dilatation au-dessus de l'horizon violacé, il voit triomphant dans chaque esprit sa pensée, à la même heure, monter comme un soleil et le teindre tout entier de ses couleurs.

Sainte-Beuve n'était plus un débutant et n'éprouvait plus de ces joies. Mais cependant, dans le petit jour d'hiver, il voyait, dans son lit à hautes colonnes, Mme de Boigne ouvrant *Le Constitutionnel*; il se disait qu'à deux heures le Chancelier viendrait la voir et en parlerait avec elle, que peut-être, ce soir, il allait recevoir un mot de Mme Allart ou de Mme d'Arbouville lui disant ce qu'on en aurait pensé. Et ainsi ses articles lui apparaissaient comme une sorte d'arche dont le commencement était bien dans sa pensée et dans sa prose, mais dont la fin plongeait dans l'esprit et l'admiration de ses lecteurs, où elle accomplissait sa courbe et recevait ses dernières couleurs. Il en est d'un article comme de ces phrases que nous lisons en frémissant, dans le journal, au compte rendu de la Chambre : « M. le Président du Conseil, ministre de l'Intérieur et des Cultes : « Vous verrez... » (Vives protestations à droite, salves d'applaudissements à gauche, rumeur prolongée.) » et dans la composition desquelles l'indication qui la précède, et les marques d'émotion qui la suivent, entrent pour une partie aussi intégrante que les mots prononcés en réalité. À « vous verrez », la phrase n'est nullement finie, elle commence à peine et « vives protestations à droite, etc. » est sa fin, plus belle que son milieu, digne de son début. Ainsi la beauté journalistique n'est pas tout entière dans l'article ; détachée des esprits où elle s'achève, ce n'est qu'une Vénus brisée. Et comme c'est de la foule (cette foule fût-elle une élite) qu'elle reçoit son expression dernière, cette expression est toujours un peu vulgaire. C'est aux silences de l'approbation imaginée de tel ou tel lecteur que le journaliste pèse ses mots et trouve leur équilibre avec sa pensée. Aussi son œuvre, écrite avec l'inconsciente collaboration des autres, est-elle moins personnelle.

Comme tout à l'heure nous voyions Sainte-Beuve croire que la vie des salons, qui lui plaisait, était indispensable à la littérature et la projetait à travers les siècles, ici cour de Louis XIV, là cercle choisi du Directoire, de même ce créateur de toute la semaine, souvent même qui ne s'est pas reposé le dimanche et reçoit son salaire de gloire le lundi par le plaisir qu'il cause à de bons juges et les coups qu'il inflige aux méchants, conçoit toute la littérature aussi comme des sortes de lundis, que peut-être on pourra relire, mais qui doivent avoir été écrits à leur heure avec souci de l'opinion des bons juges, pour plaire, et sans trop compter sur la postérité. Il voit la littérature sous la catégorie du temps. « Je vous annonce une intéressante saison poétique, écrit-il à Béranger. On nous attendait sur le pré... » et comme il a une belle sagesse antique, il dit : « Après cela, ce n'est guère de cette poésie dont moi en mon particulier j'use ; ce n'est pas non plus la vôtre, c'est celle des générations tumultueuses, enivrées, qui n'y regardent pas de si près. » On raconte qu'en mourant il se demande si on aimera plus tard la littérature et il dit aux Goncourt, à propos de *Madame Gervaisais* : « Revenez tout à fait frais et en appétit. Ce roman de Rome viendra en plein à propos, et il me semble que l'opinion littéraire à votre égard est dans un état d'éveil et de curiosité avertie, où il ne faut qu'un coup de talent pour décider un grand succès. » La littérature lui paraît une chose d'époque, qui vaut ce que valait le personnage. En somme, il vaut mieux jouer un grand rôle politique et ne pas écrire que d'être un mécontent politique et écrire un livre de morale..., etc. Aussi n'est-il pas comme Emerson, qui disait qu'il fallait atteler son char à une étoile. Il tâche de l'atteler à ce qui est le plus contingent, la politique : « collaborer à un grand mouvement social m'a paru intéressant », dit-il. Il est revenu vingt fois sur le regret que Chateaubriand, Lamartine, Hugo aient fait de la politique, mais, en réalité, la politique est plus étrangère à leurs œuvres qu'à ses critiques. Pourquoi dit-il pour Lamartine, « le talent est en dehors » ? Pour Chateaubriand : « Ces *Mémoires* sont peu aimables, en effet, et là est le grand défaut. Car pour le talent, au milieu des veines de mauvais goût et des abus de toute sorte, comme il s'en trouve d'ailleurs dans presque tous les écrits de M. de Chateaubriand, on y sent à bien des pages le trait du maître, la griffe du vieux lion, des élévations soudaines à côté de bizarres puérilités, et des passages d'une grâce, d'une suavité magique, où se reconnaissent la touche et l'accent de l'enchanteur... » « Je ne pourrais en effet parler d'Hugo. »

On y avait pour lui du goût, mais aussi de la considération. « Sachez que si vous tenez à l'opinion des autres, on tient à la vôtre », lui écrivait Mme d'Arbouville, et il nous dit qu'elle lui avait donné comme devise : vouloir plaire et rester libre. En réalité, libre il l'était si peu que, deux pages plus loin, alors que, tant que Mme Récamier vécut, il tremblait de dire quelque chose d'hostile sur Chateaubriand, par exemple, dès que Mme Récamier et Chateaubriand furent morts, il se rattrapa ; je ne sais pas si c'est ce qu'il appela dans ses notes et pensées : « Après avoir été avocat, j'ai bien envie de devenir juge. » Toujours est-il qu'il détruisit, mot par mot, ses opinions précédentes. Ayant eu à rendre compte des *Mémoires d'Outre-Tombe* après une lecture qui avait eu lieu chez Mme Récamier, arrivé à l'endroit où Chateaubriand dit : « Mais n'est-ce pas là d'étranges détails, des prétentions malsonnantes dans un temps où l'on ne veut que personne soit le fils de son père ? Voilà bien des vanités à une époque de progrès, de révolution », il protestait, trouvait que ce scrupule faisait voir trop de délicatesse : « Non pas ; dans M. de Chateaubriand le chevaleresque est d'une qualité inaliénable ; le gentilhomme en lui n'a jamais failli, mais n'a jamais été obstacle à mieux. » Quand, après la mort de Chateaubriand et de Mme Récamier, il rendit compte des *Mémoires d'Outre-Tombe*, arrivé à ce même passage : « À la vue de mes parchemins il ne tiendrait qu'à moi, si j'héritais de l'infatuation de mon père et de mon frère, de me croire cadet des ducs de Bretagne », il interrompt l'auguste narrateur. Mais cette fois, ce n'est plus pour lui dire : « Mais c'est trop naturel. – Comment ! lui dit-il. Mais en ce moment que faites-vous donc, sinon de cumuler un reste de cette infatuation, comme vous dites, avec la prétention d'en être guéri ? C'est là une prétention double, et au moins l'infatuation dont vous taxez votre père et votre frère était plus simple. » Même sur le compte d'un des hommes, dont il a dit le plus de bien avec le plus d'éclat, le plus de goût, le plus de continuité, le chancelier Pasquier, il me semble que s'il n'a pas contredit ces éloges enthousiastes, c'est sans doute parce que la vieillesse indéfiniment prolongée de Mme de Boigne l'en a empêché. « Mme de Boigne, lui écrit le Chancelier, se plaint de ne plus vous voir (comme George Sand lui écrivait : « Musset a souvent envie d'aller vous voir et de vous tourmenter pour que vous veniez chez nous, mais je l'en empêche, quoique je fusse toute prête à y aller avec lui, si je ne craignais que ce fût inutile. ») ; voulez-vous venir me prendre au Luxembourg ? Nous causerons, etc. » À la mort du Chancelier, Mme de Boigne vit encore. Trois articles sur le Chancelier, assez élogieux pour plaire à cette amie désolée. Mais à la mort de Pasquier nous lisons dans les Portraits : « Cousin dit… » et il dit à Goncourt au dîner Magny : « Je ne vous en parlerai pas précisément comme littérature. Dans la société de Chateaubriand il était à peine toléré », qui ne peut pas s'empêcher de dire : « C'est affreux d'être pleuré par Sainte-Beuve. »

Mais généralement sa susceptibilité, son humeur changeante, son prompt dégoût de ce dont il s'était d'abord engoué, faisaient que, du vivant des gens, il se « rendait libre ». On n'avait pas besoin d'être mort, il suffisait d'être brouillé avec lui et c'est ainsi que nous avons des articles contradictoires sur Hugo, Lamartine, Lamennais, etc., et sur Béranger, dont il dit dans les *Lundis* : « Pour couper court avec ceux qui se souviendraient que j'ai autrefois, il y a plus de quinze ans, fait un portrait de Béranger tout en lumières et sans y mettre d'ombre, je répondrai que c'est précisément pour cela que je veux le refaire. Quinze ans, c'est assez pour que le modèle change, ou du moins se marque mieux ; c'est assez surtout pour que celui qui a la prétention de peindre se corrige, se forme, se modifie en un mot lui-même profondément. Jeune, je mêlais aux portraits que je faisais des poètes beaucoup d'affection et d'enthousiasme, je ne m'en repens pas ; j'y mettais même un peu de connivence. Aujourd'hui, je n'y mets rien, je l'avoue, qu'un sincère désir de voir et de montrer les choses et les personnes telles qu'elles sont, telles du moins qu'en ce moment elles me paraissent. » Cette « liberté reprise » faisait de sa « volonté de plaire » un contrepoids, qui était indispensable à la considération. Il faut ajouter qu'en lui, il avait, avec une certaine disposition à s'incliner devant les pouvoirs établis, une certaine disposition à s'en affranchir, une tendresse mondaine et conservatrice, une tendresse libérale et libre penseuse. À la première, nous devons la place énorme que tous les grands personnages politiques de la monarchie de Juillet tiennent dans son œuvre, où on ne peut faire un pas dans ces salons où il assemble les interlocuteurs illustres, pensant que de la discussion jaillit la lumière, sans rencontrer M. Molé, tous les Noailles possibles, qu'il respecte au point de trouver qu'il serait coupable, après deux cents ans, de citer entièrement, dans un de ses articles, le portrait de Mme de Noailles dans Saint-Simon, et qu'à côté de cela, en revanche de cela, il tonne contre les candidatures aristocratiques de l'Académie (pourtant à propos de l'élection si légitime du duc de Broglie), disant : ces gens-là finiront par se faire nommer par leurs concierges.

Vis-à-vis de l'Académie même, son attitude est à la fois d'un ami de M. Molé, qui trouve que la candidature de Baudelaire, pourtant son grand ami, serait une plaisanterie, et qui écrit qu'il doit être déjà fier d'avoir plu aux académiciens : « Vous avez fait bonne impression, cela n'est-il rien ? », et tantôt d'un ami de Renan, qui trouve que Taine s'est humilié en soumettant ses *Essais* au jugement d'académiciens, qui ne peuvent le comprendre, qui tonne contre Mgr Dupanloup qui a empêché Littré d'être de l'Académie et qui dit à son secrétaire dès le premier jour : « Le jeudi je vais à l'Académie, mes collègues sont des gens insignifiants. » Il fait des articles de complaisance et l'a avoué lui-même pour l'un ou l'autre, mais refuse, avec violence, de dire du bien de M. Pongerville dont il dit : « Aujourd'hui, il n'entrerait pas. » Il a ce qu'il appelle le sentiment de sa dignité et le manifeste d'une façon solennelle, qui est quelquefois comique. Passe encore que, stupidement accusé d'avoir touché un pot-de-vin de cent francs, il raconte qu'il écrivit au *Journal des Débats* une lettre « dont l'accent ne trompe pas, comme seuls peuvent en écrire des honnêtes gens ». Passe encore qu'accusé par M. de Pont-Martin… ou que, se croyant indirectement visé par un discours de M. Villemain, il s'écrie : […] Mais il est comique, qu'après avoir averti les Goncourt qu'il dirait du mal de Madame Gervaisais et ayant appris, par un tiers qu'ils auraient dit à la princesse : « Sainte-Beuve voit bien… », il entre dans une colère blanche sur ce mot d'éreintement, s'écrie : « Je ne fais pas d'éreintement. » C'est un des Sainte-Beuve, qui répondit aux…

Je me demande, par moments, si ce qu'il y a encore de mieux dans l'œuvre de Sainte-Beuve, ce ne sont pas ses vers. Tout jeu de l'esprit a cessé. Les choses ne sont plus approchées de biais avec mille adresses et prestiges. Le cercle infernal et magique est rompu. Comme si le mensonge constant de la pensée tenait chez lui à l'habileté factice de l'expression, en cessant de parler en prose il cesse de mentir. Comme un étudiant, obligé de traduire sa pensée en latin, est obligé de la mettre à nu, Sainte-Beuve se trouve pour la première fois en présence de la réalité, et en reçoit un sentiment direct. Il y a plus de sentiment direct dans les *Rayons jaunes*, dans les *Larmes* de Racine, dans tous ses vers, que dans sa prose. Seulement si le mensonge l'abandonne, tous ses avantages l'abandonnent aussi. Comme un homme habitué à l'alcool et qu'on met au régime du lait, il perd, avec sa vigueur factice, toute sa force. « Cet être, comme il est gauche et laid. » Il n'y a rien de plus touchant que cette pauvreté de moyens chez le grand et prestigieux critique, rompu à toutes les élégances, les finesses, les farces, les attendrissements, les démarches, les caresses de style. Plus rien. De son immense culture, de ses exercices de lettré, il lui reste seulement le rejet de toute enflure, de toute banalité, de toute expression peu contrôlée, et les images sont recherchées et sévèrement choisies, avec quelque chose qui rappelle le studieux et l'exquis des vers d'un André Chénier ou d'un Anatole France. Mais tout cela est voulu et pas à lui. Il cherche à faire ce qu'il a admiré chez Théocrite, chez Cooper, chez Racine. De lui, de lui inconscient, profond, personnel, il n'y a guère que la gaucherie. Elle revient souvent, comme le naturel. Mais ce peu de chose, ce peu de chose charmant et sincère d'ailleurs qu'est sa poésie, cet effort savant et quelquefois heureux pour exprimer la pureté de l'amour, la tristesse des fins d'après-midi dans les grandes villes, la magie des souvenirs, l'émotion des lectures, la mélancolie des vieillesses incrédules, montre – parce qu'on sent que c'est la seule chose réelle en lui – l'absence de signification de toute une œuvre critique merveilleuse, immense, bouillonnante – puisque toutes ces merveilles se ramènent à cela. Apparence, les *Lundis*. Réalité, ce peu de vers. Les vers d'un critique, c'est le poids à la balance de l'éternité de toute son œuvre.

Annexe II :
Marcel Proust, *Contre Sainte-Beuve*, « Sainte-Beuve et Baudelaire »

Un poète que tu n'aimes qu'à demi et à l'égard de qui il est convenu que Sainte-Beuve, qui était très lié avec lui, a fait preuve de la plus clairvoyante, de la plus divinatrice admiration, c'est Baudelaire. Or si Sainte-Beuve, touché de l'admiration, de la déférence, de la gentillesse de Baudelaire qui tantôt lui envoyait des vers, et tantôt du pain d'épice, et lui écrivait sur Joseph Delorme, sur *Les Consolations*, sur ses *Lundis* les lettres les plus exaltées, lui adressait d'affectueuses lettres, il n'a jamais répondu aux prières réitérées de Baudelaire de faire même un seul article sur lui. Le plus grand poète du XIXe siècle, et qui en plus était son ami, ne figure pas dans les *Lundis* où tant de comtes Daru, de d'Alton Shée et d'autres ont le leur. Du moins, il n'y figure qu'accessoirement. Une fois, au moment du procès de Baudelaire, Baudelaire implora une lettre de Sainte-Beuve le défendant : Sainte-Beuve trouva que ses attaches avec le régime impérial le lui interdisaient, et se contenta de rédiger anonymement un plan de défense dont l'avocat était autorisé à se servir, mais sans nommer Sainte-Beuve, et où il disait que Béranger avait été aussi hardi que Baudelaire, en ajoutant : « Loin de moi de diminuer rien à la gloire d'un illustre poète (ce n'est pas Baudelaire, c'est Béranger), d'un poète national, cher à tous, que l'empereur a jugé digne de publiques funérailles, etc. »

Mais il avait adressé à Baudelaire une lettre sur *Les Fleurs du Mal* qui a été reproduite dans les *Causeries du Lundi*, en faisant valoir, pour diminuer sans doute la portée de l'éloge, que cette lettre avait été écrite dans la pensée de venir en aide à la défense. Il commence par remercier Baudelaire de sa dédicace, ne peut pas se décider à dire un mot d'éloge, dit que ces pièces, qu'il avait déjà lues, font, réunies, « un tout autre effet », qu'évidemment c'est triste, affligeant, mais que Baudelaire le sait bien, cela dure ainsi pendant une page, sans qu'un seul adjectif laisse supposer si Sainte-Beuve trouve le livre bien. Il nous apprend seulement que Baudelaire aime beaucoup Sainte-Beuve et que Sainte-Beuve sait les qualités de cœur de Baudelaire. Enfin, vers le milieu de la seconde page, il se lance, enfin une appréciation (et c'est dans une lettre de remerciement et à quelqu'un qui l'a traité avec quelle tendresse et quelle déférence !) : « En faisant cela avec subtilité (première appréciation mais qui peut se prendre en bien ou en mal), avec raffinement, avec un talent curieux (c'est le premier éloge, si c'en est un, il ne faut du reste pas être difficile, ce sera à peu près le seul) et un abandon quasi précieux d'expression, en parlant (souligné par Sainte-Beuve) ou pétrarquisant sur l'horrible… » et, paternellement : « Vous avez dû beaucoup souffrir, mon cher enfant. » Suivent quelques critiques, puis de grands compliments sur deux pièces seulement : le sonnet *Tristesse de la Lune* « qui a l'air d'être d'un Anglais contemporain de la jeunesse de Shakespeare » et *À celle qui est trop sage* dont il dit : « Pourquoi cette pièce n'est-elle pas en latin, ou plutôt en grec ? » J'oublie qu'un peu plus haut il lui avait parlé de sa « finesse d'exécution ». Et comme il aime les métaphores suivies, il termine ainsi : « Mais encore une fois il ne s'agit pas de compliments à quelqu'un qu'on aime… » – et qui vient de vous envoyer *Les Fleurs du Mal*, quand on a passé sa vie à en faire à tant d'écrivains sans talent…

Mais ce n'est pas tout, cette lettre, Sainte-Beuve, dès qu'il avait su qu'on comptait la publier, l'avait redemandée, probablement pour voir s'il ne s'était pas laissé aller à trop d'éloges (ceci du reste est simplement une supposition de ma part). En tout cas en la donnant dans les *Causeries du Lundi*, il crut devoir la faire précéder, je dirai franchement l'affaiblir encore, par un petit préambule où il dit que cette lettre avait été écrite « dans la pensée de venir en aide à la défense ». Et voici comment dans ce préambule il parle des *Fleurs du Mal*, bien que cette fois-ci, où il ne s'adresse plus au poète « son ami », il n'ait plus à le gronder et il pourrait être question de compliments : « Le poète Baudelaire… avait mis des années à extraire de tout sujet de toute fleur (cela veut dire à écrire *Les Fleurs du Mal*) un suc vénéneux, et même, il faut le dire, assez agréablement vénéneux. C'était d'ailleurs (toujours la même chose !) un homme d'esprit (!), assez aimable à ses heures (en effet, il lui écrivait : "J'ai besoin de vous voir comme Antée de toucher la terre") et très capable d'affection (c'est en effet tout ce qu'il y a à dire sur l'auteur des *Fleurs du Mal*. Sainte-Beuve nous a déjà dit de même que Stendhal était modeste et Flaubert bon garçon). Lorsqu'il eut publié ce recueil intitulé : *Fleurs du Mal* ("Je sais que vous faites des vers, n'avez-vous jamais été tenté d'en donner un petit recueil ?", disait un homme du monde à Mme de Noailles), il n'eut pas seulement affaire à la critique, la justice s'en mêla, comme s'il y avait véritablement danger à ces malices enveloppées et sous-entendues dans des rimes élégantes... ». Puis les lignes ayant l'air d'excuser (du moins, c'est mon impression) par la raison du service à rendre à l'accusé les éloges de la lettre. Remarquons en passant que les « malices enveloppées » ne vont pas beaucoup avec le « Vous avez dû beaucoup souffrir, mon cher enfant. » Avec Sainte-Beuve que de fois on est tenté de s'écrier quelle vieille bête ou quelle vieille canaille.

Une autre fois (et peut-être bien parce que Sainte-Beuve avait été publiquement attaqué par les amis de Baudelaire pour n'avoir pas eu le courage de témoigner pour lui en même temps que d'Aurevilly, etc., devant la cour d'assises) à propos des élections à l'Académie, Sainte-Beuve fit un article sur les diverses candidatures. Baudelaire était candidat. Sainte-Beuve, qui du reste aimait donner des leçons de littérature à ses collègues de l'Académie comme il aimait donner des leçons de libéralisme à ses collègues du Sénat, parce que, s'il restait de son milieu, il lui était très supérieur, et qu'il avait des velléités, des accès, des prurits d'art nouveau, d'anticléricalisme et de révolution, Sainte-Beuve parla en termes charmants et brefs des *Fleurs du Mal*, « ce petit pavillon que le poète s'est construit à l'extrémité du Kamtchatka littéraire, j'appelle cela la *Folie Baudelaire* » (toujours des « mots », des mots que les hommes d'esprit peuvent citer en ricanant : il appelle cela la *Folie Baudelaire*. Seulement le genre des causeurs qui citaient cela à dîner le pouvaient quand le mot était sur Chateaubriand ou sur Royer-Collard. Ils ne savaient pas qui était Baudelaire). Et il termina par ces mots inouïs : ce qui est certain, c'est que M. Baudelaire « gagne à être vu, que là où l'on s'attendait à voir entrer un homme étrange, excentrique, on se trouve en présence d'un candidat poli, respectueux, exemplaire, d'un gentil garçon, fin de langage et tout à fait classique dans les formes ». Je ne peux pas croire qu'en écrivant les mots gentil garçon, gagne à être connu, classique dans les formes, Sainte-Beuve n'ait pas cédé à cette espèce d'hystérie de langage qui, par moments, lui faisait trouver un irrésistible plaisir à parler comme un bourgeois qui ne sait pas écrire, à dire de *Madame Bovary* : « Le début est finement touché. »

Mais c'est toujours le même procédé : faire quelques éloges « d'ami » de Flaubert, des Goncourt, de Baudelaire, et dire que d'ailleurs ce sont dans le particulier les hommes les plus délicats, les amis les plus sûrs. Dans l'article rétrospectif sur Stendhal, c'est encore la même chose (« plus sûr dans son procédé »). Et après avoir conseillé à Baudelaire de retirer sa candidature, comme Baudelaire l'a écouté et a écrit sa lettre de désistement, Sainte-Beuve l'en félicite et le console de la façon suivante : « Quand on a lu (à la séance de l'Académie) votre dernière phrase de remerciements, conçue en termes si modestes et si polis, on a dit tout haut : Très bien. Ainsi vous avez laissé de vous une bonne impression. N'est-ce donc rien ? » N'était-ce rien que d'avoir fait l'impression d'un homme modeste, d'un « gentil garçon » à M. de Sacy et à Viennet ? N'était-ce rien de la part de Sainte-Beuve, grand ami de Baudelaire, que d'avoir donné des conseils à son avocat, à condition que son nom ne fût pas cité, d'avoir refusé tout article sur *Les Fleurs du Mal*, même sur les traductions de Poe, mais enfin d'avoir dit que la *Folie Baudelaire*, était un *charmant pavillon*, etc. ?

Sainte-Beuve trouvait que tout cela, c'était beaucoup. Et ce qu'il y a de plus effrayant – et qui vient bien à l'appui de ce que je disais –, si fantastique que cela puisse paraître, Baudelaire était du même avis. Quand ses amis s'indignent du lâchage de Sainte-Beuve au moment de son procès et laissent percer leur mécontentement dans la presse, Baudelaire est affolé, il écrit lettre sur lettre à Sainte-Beuve, pour le bien persuader qu'il n'est pour rien dans ces attaques, il écrit à Malassis et à Asselineau: « Voyez donc combien cette affaire peut m'être désagréable... Babou sait bien que je suis lié avec l'oncle Beuve, que je tiens vivement à son amitié, et que je me donne moi la peine de cacher, mon opinion quand elle est contraire à la sienne, etc. Babou a l'air de vouloir me défendre contre quelqu'un qui m'a rendu une foule de services. » (?) Il écrit à Sainte-Beuve que loin d'avoir inspiré cet article, il avait persuadé à l'auteur « que vous (Sainte-Beuve) faisiez toujours tout ce que vous deviez et pouviez faire. Il y a encore peu de temps que je parlais à Malassis de cette grande amitié qui me fait honneur, etc. »

À supposer que Baudelaire ne fût pas sincère alors, et que ce fût par politique qu'il tînt à ménager Sainte-Beuve et à lui laisser croire qu'il trouvait qu'il avait bien agi, cela revient toujours au même, cela prouve l'importance que Baudelaire attachait à un article de Sainte-Beuve (qu'il ne peut d'ailleurs pas obtenir), à défaut d'article aux quelques phrases d'éloges qu'il finira par lui accorder. Et tu as vu quelles phrases ! Mais si piètres qu'elles nous semblent, elles ravissent Baudelaire. Après l'article « gagne à être connu, c'est un gentil garçon, folie Baudelaire, etc. », il écrit à Sainte-Beuve : « Encore un service que je vous dois ! Quand cela finira-t-il ? Et comment vous remercier ? Quelques mots, cher ami, pour vous peindre le genre particulier du plaisir que vous m'avez procuré... Quant à ce que vous appelez mon Kamtchatka, si je recevais souvent des encouragements aussi vigoureux que celui-là, je crois que j'aurais la force d'en faire une immense Sibérie, etc. Quand je vois votre activité, votre vitalité, je suis tout honteux (de son impuissance littéraire !). Faut-il maintenant que moi, l'amoureux incorrigible des *Rayons jaunes* et de *Volupté*, de Sainte-Beuve poète et romancier, je complimente le journaliste ? Comment avez-vous fait pour arriver à cette altitude de forme, etc., j'ai retrouvé là toute votre éloquence de conversation, etc. », et pour finir : « Poulet-Malassis brûle de faire une brochure avec votre admirable article. » Il ne borne pas sa reconnaissance à une lettre, il fait un article non signé dans la *Revue anecdotique* sur l'article de Sainte-Beuve : « Tout l'article est un chef-d'œuvre de bonne humeur, de gaîté, de sagesse, de bon sens et d'ironie. Tous ceux qui ont l'honneur de connaître intimement l'auteur de *Joseph Delorme*, etc. » Sainte-Beuve remercie le directeur en disant à la fin, toujours avec ce goût de faire dérailler le sens des mots : « Je salue et respecte le bienveillant anonyme. » Mais Baudelaire, n'étant pas certain que Sainte-Beuve l'avait reconnu, lui écrit pour lui dire que l'article est de lui.

Tout cela vient à l'appui de ce que je te disais, que l'homme qui vit dans un même corps avec tout grand génie a peu de rapport avec lui, que c'est lui que ses intimes connaissent, et qu'ainsi il est absurde de juger comme Sainte-Beuve le poète par l'homme ou par le dire de ses amis. Quant à l'homme lui-même, il n'est qu'un homme, et peut parfaitement ignorer ce que veut le poète qui vit en lui. Et c'est peut-être mieux ainsi. C'est notre raisonnement qui, dégageant de l'œuvre du poète sa grandeur, dit : c'est un roi, et le voit roi, et voudrait qu'il se conduisît en roi. Mais le poète ne doit nullement se voir ainsi pour que la réalité qu'il peint lui reste objective et qu'il ne pense pas à lui. Aussi se voit-il comme un pauvre homme qui serait bien flatté d'être invité chez un duc et d'avoir des prix à l'Académie. Et si cette humilité est la condition de sa sincérité et de son œuvre, qu'elle soit bénie.

Baudelaire se trompait-il à ce point sur lui-même ? Peut-être pas, théoriquement. Mais si sa modestie, sa déférence étaient de la ruse, il ne se trompait pas moins pratiquement sur lui-même puisque lui qui avait écrit *Le Balcon*, *Le Voyage*, *Les Sept Vieillards*, il s'apercevait dans une sphère où un fauteuil à l'Académie, un article de Sainte-Beuve étaient beaucoup pour lui. Et on peut dire que ce sont les meilleurs, les plus intelligents qui sont ainsi, vite redescendus de la sphère où ils écrivent *Les Fleurs du Mal*, *Le Rouge et le Noir*, *L'Éducation sentimentale* – et dont nous pouvons nous rendre compte, nous qui ne connaissons que les livres, c'est-à-dire les génies, et que la fausse image de l'homme ne vient pas troubler, à quelle hauteur elle est au-dessus de celle où furent écrits les *Lundis*, *Carmen* et *Indiana* –, pour accepter avec déférence, par calcul, par élégance de caractère ou par amitié, la fausse supériorité d'un Sainte-Beuve, d'un Mérimée, d'une George Sand. Ce dualisme si naturel a quelque chose de si troublant. Voir Baudelaire désincarné, respectueux avec Sainte-Beuve, et tantôt d'autres intriguer pour la croix, Vigny qui vient d'écrire *Les Destinées* mendiant une réclame dans un journal (je ne me rappelle pas exactement mais ne crois pas me tromper).

Comme le ciel de la théologie catholique qui se compose de plusieurs ciels superposés, notre personne, dont l'apparence que lui donne notre corps avec sa tête qui circonscrit à une petite boule notre pensée, notre personne morale se compose de plusieurs personnes superposées. Cela est peut-être plus sensible encore pour les poètes qui ont un ciel de plus, un ciel intermédiaire entre le ciel de leur génie, et celui de leur intelligence, de leur bonté, de leur finesse journalières, c'est leur prose. Quand Musset écrit ses *Contes* on sent encore à ce je ne sais quoi par moments le frémissement, le soyeux, le prêt à s'envoler des ailes qui ne se soulèveront pas. C'est ce qu'on a du reste dit beaucoup mieux :

> Même quand l'oiseau marche, on sent qu'il a des ailes.

Un poète qui écrit en prose (excepté naturellement quand il y fait de la poésie comme Baudelaire dans ses *Petits Poëmes* et Musset dans son théâtre), Musset, quand il écrit ses *Contes*, ses essais de critique, ses discours d'Académie, c'est quelqu'un qui a laissé de côté son génie, qui a cessé de tirer de lui des formes qu'il prend dans un monde surnaturel et exclusivement personnel à lui et qui pourtant s'en ressouvient, nous en fait souvenir. Par moments à un développement, nous pensons à des vers célèbres, invisibles, absents, mais dont la forme vague, indécise, semble transparente derrière des propos que pourrait cependant tenir tout le monde et leur donne une sorte de grâce et de majesté, d'émouvante allusion. Le poète a déjà fui, mais derrière les nuages on aperçoit son reflet encore. Dans l'homme, dans l'homme de la vie, des dîners, de l'ambition, il ne reste plus rien, et c'est celui-là à qui Sainte-Beuve prétend demander l'essence de l'autre, dont il n'a rien gardé.

Je comprends que tu n'aimes qu'à demi Baudelaire. Tu as trouvé dans ses lettres, comme dans celles de Stendhal, des choses cruelles sur sa famille. Et cruel, il l'est dans sa poésie, cruel avec infiniment de sensibilité, d'autant plus étonnant dans sa dureté que les souffrances qu'il raille, qu'il présente avec cette impassibilité, on sent qu'il les a ressenties jusqu'au fond de ses nerfs. Il est certain que dans un poème sublime comme *Les Petites Vieilles*, il n'y a pas une de leurs souffrances qui lui échappe. Ce n'est pas seulement leurs immenses douleurs :

> Ces yeux sont des puits faits d'un millier de larmes…
> Toutes auraient pu faire un fleuve avec leurs pleurs,

il est dans leurs corps, il frémit avec leurs nerfs, il frissonne avec leur faiblesse :

> Flagellés par les bises iniques,
> Frémissant au fracas roulant des omnibus…,
> Se traînent, comme font les animaux blessés,

Mais la beauté descriptive et caractéristique du tableau ne le fait reculer devant aucun détail cruel :

> Ou dansent, sans vouloir danser, pauvres sonnettes…
> Celle-là, droite encore, fière et sentant la règle…
> Avez-vous observé que maints cercueils de vieilles

Sont presque aussi petits que celui d'un
enfant ?
La Mort savante met dans ces bières pareilles
Un symbole d'un goût bizarre et captivant…
À moins que méditant sur la géométrie
Je ne cherche, à l'aspect de ces membres
discords,
Combien de fois il faut que l'ouvrier varie
La forme de la boîte où l'on met tous ces
corps

Mais surtout :

Mais moi, moi qui de loin tendrement vous
surveille,
L'œil inquiet, fixé sur vos pas incertains,
Tout comme si j'étais votre père, ô merveille !
Je goûte à votre insu des plaisirs clandestins.

Et c'est ce qui fait qu'aimer Baudelaire –, comme dirait Sainte-Beuve, dont je m'interdis de prendre à mon compte cette formule comme j'en avais été souvent tenté, pour ôter de ce projet d'article tout jeu d'esprit, mais ici ce n'est pas pastiche, c'est une remarque que j'ai faite, où les noms me viennent à la mémoire ou aux lèvres, et qui s'impose à moi en ce moment – aimer Baudelaire, j'entends l'aimer même à la folie en ces poèmes si pitoyables et humains, n'est pas forcément signe d'une grande sensibilité. Il a donné de ces visions qui, au fond, lui avaient fait mal, j'en suis sûr, un tableau si puissant, mais d'où toute expression de sensibilité est si absente, que des esprits purement ironiques et amoureux de couleur, des cœurs vraiment durs peuvent s'en délecter. Les vers sur ces *Petites Vieilles* :

> Débris d'humanité pour l'éternité mûrs

est un vers sublime et que de grands esprits, de grands cœurs aiment à citer. Mais que de fois je l'ai entendu citer, et pleinement goûté, par une femme d'une extrême intelligence, mais la plus inhumaine, la plus dénuée de bonté et de moralité que j'aie rencontrée, et qui s'amusait, le mêlant à de spirituels et d'atroces outrages, à le lancer comme une prédiction de mort prochaine sur le passage de telles vieilles femmes qu'elle détestait. Ressentir toutes les douleurs mais être assez maître de soi pour ne pas se déplaire à les regarder, pouvoir supporter la douleur qu'une méchanceté provoque artificiellement (même on oublie en le citant combien est cruel le vers délicieux :

> Le violon frémit comme un cœur qu'on afflige,

Oh ! ce frémissement d'un cœur à qui on fait mal – tout à l'heure ce n'était que le frémissement des nerfs des vieilles femmes, au fracas roulant des omnibus).

Peut-être cette subordination de la sensibilité à la vérité, à l'expression, est-elle au fond une marque de génie, de la force de l'art supérieur à la pitié individuelle. Mais il y a plus étrange que cela dans le cas de Baudelaire. Dans les plus sublimes expressions qu'il a données de certains sentiments, il semble qu'il ait fait une peinture extérieure de leur forme, sans sympathiser avec eux. Un des plus admirables vers sur la charité, un de ces vers immenses et déroulés de Baudelaire, est celui-ci :

> Pour que tu puisses faire à Jésus, quand il passe,
> Un tapis triomphal avec ta charité.

Mais y a-t-il rien de moins charitable (volontairement, mais cela ne fait rien) que le sentiment où cela est dit :

> Un Ange furieux fond du ciel comme un aigle,
> Du mécréant saisit à plein poing les cheveux,
> Et dit, le secouant : « Tu connaîtras la règle !
> (Car je suis ton bon Ange, entends-tu ?) Je le veux !
> Sache qu'il faut aimer, sans faire la grimace,
> Le pauvre, le méchant, le tortu, l'hébété,
> Pour que tu puisses faire à Jésus, quand il passe,
> Un tapis triomphal avec ta charité. »

Certes, il comprend tout ce qu'il y a dans toutes ces vertus, mais il semble en bannir l'essence de ses vers. C'est bien tout le dévouement, ce qu'il y a dans ces vers des *Petites Vieilles* :

> Toutes m'enivrent ! Mais parmi ces êtres frêles
> Il en est qui, faisant de la douleur un miel,
> Ont dit au Dévouement qui leur prêtait ses ailes :
> « Hippogriffe puissant, mène-moi jusqu'au ciel ! »

Il semble qu'il éternise par la force extraordinaire, inouïe du verbe (cent fois plus fort, malgré tout ce qu'on dit, que celui de Hugo), un sentiment qu'il s'efforce de ne pas ressentir au moment où il le nomme, où il le peint plutôt qu'il ne l'exprime. Il trouve pour toutes les douleurs, pour toutes les douceurs, de ces formes inouïes, ravies à son monde spirituel à lui et qui ne se trouveront jamais dans aucun autre, formes d'une planète où lui seul a habité et qui ne ressemblait à rien de ce que nous connaissons. Sur chaque catégorie de personnes, il pose toute chaude et suave, pleine de liqueur et de parfum, une de ces grandes formes, de ces sacs qui pourraient contenir une bouteille ou un jambon, mais s'il le dit avec des lèvres bruyantes comme le tonnerre, on dirait qu'il s'efforce de ne le dire qu'avec les lèvres, quoiqu'on sente qu'il a tout ressenti, tout compris, qu'il est la plus frémissante sensibilité, la plus profonde intelligence.

> L'une, par sa patrie au malheur exercée,
> L'autre, que son époux surchargea de
> douleurs,
> L'autre, par son enfant Madone transpercée,
> Toutes auraient pu faire un fleuve avec leurs
> pleurs !

Exercée est admirable, *surchargea* est admirable, *transpercée* est admirable. Chacun pose sur l'idée une de ces belles formes sombres, éclatantes, nourrissantes.

> L'une, par sa patrie au malheur exercée…

De ces belles formes d'art, inventées par lui, dont je te parlais et qui posent leurs grandes formes chaleureuses et colorées sur les faits qu'il énumère, un certain nombre en effet sont des formes d'art faisant allusion à la patrie des anciens.

> L'une, par sa patrie au malheur exercée…
> Les uns joyeux de fuir une patrie infâme…
> C'est la bourse du pauvre et sa patrie antique.

Comme les belles formes sur la famille : « d'autres l'horreur de leurs berceaux », qui entrent vite dans la catégorie des formes bibliques et de toutes ces images qui font la puissance véhémente d'une pièce comme *Bénédiction* où tout est grandi par cette dignité d'art.

> Dans le pain et le vin destinés à sa bouche
> Ils mêlent de la cendre avec d'impurs
> crachats ;
> Avec hypocrisie ils jettent ce qu'il touche,
> Ils s'accusent d'avoir mis leurs pieds dans ses
> pas.
> Sa femme va criant sur les places publiques…
> Je ferai le métier des idoles antiques…
> Ah ! que n'ai-je mis bas tout un nœud de
> vipères,
> Plutôt que de nourrir cette dérision !

À côté de vers raciniens si fréquents chez Baudelaire :

> Tous ceux qu'il veut aimer l'observent avec
> crainte.

les grands vers flamboyants « comme des ostensoirs » qui sont la gloire de ses poèmes :

> Elle-même prépare au fond de la Géhenne
> Les bûchers consacrés aux crimes maternels.

et tous les autres éléments du génie de Baudelaire, que j'aimerais tant t'énumérer, si j'avais le temps. Mais dans cette pièce ce sont déjà les belles images de la théologie catholique qui l'emportent.

Des trônes, des vertus, des Dominations.
Je sais que la douleur est la noblesse unique
Où ne mordront jamais la terre et les enfers,
Et qu'il faut pour tresser ma couronne mystique
Imposer tous les temps et tous les univers.

(Image celle-là pas ironique de la douleur, comme étaient celles du dévouement et de la charité que j'ai citées, mais encore bien impassible, plus belle de forme, d'allusion à des œuvres d'art du Moyen Âge catholique, plus picturale qu'émue !)

Je ne parle pas des vers sur la Madone, puisque là c'est précisément le jeu de prendre toutes ces formes catholiques. Mais bientôt ces merveilleuses images :

Je traîne des serpents qui mordent mes souliers

ce mot soulier qu'il aime tellement

Que tu es belle dans tes pieds sans souliers, ô
fille de prince.

L'infidèle laisse ses souliers au pied de l'église « et ces serpents sous les pieds comme sous les pieds de Jésus », *incalcabis aspidem* « tu marcheras sur l'aspic ». Mais peu à peu, en négligeant celles qui sont trop connues (et qui sont peut-être les plus essentielles), il me semble que je pourrais commencer, forme par forme, à t'évoquer ce monde de la pensée de Baudelaire, ce pays de son génie, dont chaque poème n'est qu'un fragment, et qui dès qu'on le lit se rejoint aux autres fragments que nous en connaissons, comme dans un salon, dans un cadre que nous n'y avions pas encore vu, certaine montagne antique où le soir rougeoie et où passe un poète à figure de femme suivi de deux ou trois Muses, c'est-à-dire un tableau de la vie antique connue d'une façon naturelle, ces Muses étant des personnes qui ont existé, qui se promenaient le soir à deux ou trois avec un poète, etc., tout cela dans un moment, à une certaine heure, dans l'éphémère qui donne quelque chose de réel à la légende immortelle, vous sentez un fragment du pays de Gustave Moreau. Pour cela, il te faudrait tous ces ports, non pas seulement un port rempli de voiles et de mâts, et ceux où des vaisseaux nageant dans l'or et dans la moire ouvrent leurs vastes bras pour embrasser la gloire d'un ciel pur «où frémit l'éternelle chaleur», mais ceux qui ne sont que des portiques

Que les soleils marins baignaient de mille feux

Le «portique ouvert sur des cieux inconnus». Les cocotiers d'Afrique, aperçus pâles comme des fantômes.

Les cocotiers absents de la superbe Afrique
Derrière la muraille immense du brouillard…
Des cocotiers absents les fantômes épars.
Le soir, dès qu'il s'allume, et où le soleil met
Ses beaux reflets de cierge
Sur la nappe frugale et les rideaux de serge

jusqu'à l'heure où il est fait «de rose et de bleu mystique», et avec ces restes de musique qui y traînent toujours chez lui et lui ont permis de créer l'exaltation la plus délicieuse peut-être depuis *La Symphonie héroïque* de Beethoven :

Ces concerts riches de cuivre
Dont nos soldats parfois inondent nos jardins
Et qui par ces soirs d'or où l'on se sent revivre
Versent quelque héroïsme au cœur des citadins
Le son de la trompette est si délicieux
Dans ces soirs de célestes vendanges…

Le vin, non pas seulement dans toutes les pièces divines où il est chanté depuis le moment où il mûrit

sur la colline en flammes

jusqu'au moment où la « chaude poitrine » du travailleur lui est une « douce tombe », mais partout où lui, et tout élixir, toute végétale ambroisie (une autre de ses personnelles et délicieuses préparations), entre secrètement dans la fabrication de l'image, comme quand il dit de la mort qu'elle

nous monte et nous enivre,
Et nous donne le cœur de marcher jusqu'au soir.
Les horizons bleus où sont collées des voiles blanches
Brick ou frégate dont les formes au loin
Frissonnent dans l'azur

Et la négresse, et le chat, comme dans un tableau de Manet… Du reste est-il rien qu'il n'ait peint ? J'ai passé les tropiques, comme un aspect trop connu de son génie, au moins trop connu de nous deux, puisque j'ai eu tant de mal à t'habituer à *La chevelure*, mais n'a-t-il pas peint le soleil dans son enfer polaire comme « un bloc rouge et glacé » ? S'il a écrit sur le clair de lune des vers qui sont comme cette pierre qui, comme sous verre, dans une gaine de silex, contient le cabochon dont on tire l'opale et qui est comme un clair de lune sur la mer et au milieu de laquelle, comme un fil d'une autre essence, de violette ou d'or, filtre une irisation pareille au rayon de Baudelaire, il a peint toute différente la lune comme une médaille neuve, et si j'ai omis l'automne dont tu sais comme moi par cœur tous les vers, il a eu sur le printemps des vers tout différents et divins :

> Le printemps vaporeux fuira vers l'horizon
> Le printemps adorable a perdu son odeur…

Et du reste peut-on compter ces formes, quand il n'a jamais parlé de rien (et il a parlé de toute l'âme) qu'il n'ait montré par un symbole, et toujours si matériel, si frappant, si peu abstrait, avec les mots les plus forts, les plus usuels, les plus dignifiés ?

> Bâton des exilés, lampe des inventeurs…
> Toi qui fais au proscrit ce regard calme et haut
> Qui damne tout un peuple autour d'un
> échafaud…

et sur la mort :

> C'est l'auberge fameuse, inscrite sur le livre
> Où l'on pourra manger, et dormir, et s'asseoir ;
> C'est la gloire des dieux, c'est le grenier
> mystique,
> C'est le portique ouvert sur les Cieux
> inconnus !…

sur la pipe :

> Je fume comme la chaumine…

Et toutes ses femmes, et ses printemps et leur odeur, et ses matins avec la poussière de la voirie, et ses villes forées comme des fourmilières, et ses «voix» qui promettent des mondes, celles qui parlent dans la bibliothèque, et celles qui parlent au-devant du navire, celles qui disent que la terre est un gâteau plein de douceur et celles qui disent: c'est ici qu'on vendange

> Les fruits miraculeux dont votre cœur a faim.

Rappelle-toi que toutes les couleurs vraies, modernes, poétiques, c'est lui qui les a trouvées, pas très poussées, mais délicieuses, surtout les roses, avec du bleu, de l'or ou du vert:

> Vous êtes un beau ciel d'automne, clair et rose…
> Et les soirs au balcon, voilés de vapeurs roses
> et tous les soirs où il y a du rose.

Et dans cet univers un autre plus intense encore, contenu dans les parfums, mais nous n'en finirions pas; et si nous prenions n'importe quelle pièce de lui (je ne dis pas ses grandes pièces sublimes que tu aimes comme moi, *Le Balcon*, *Le Voyage*), mais des pièces secondaires, tu serais stupéfaite d'y voir tous les trois ou quatre vers, un vers célèbre, pas absolument baudelairien, dont tu ne savais pas où il était (à côté des vers plus baudelairiens peut-être et divins):

> Beaux écrins sans joyaux, médaillons sans
> réplique

un vers matrice, semble-t-il, tant il est général et nouveau, de mille autres vers congénères mais qu'on n'a jamais faits aussi bien, et dans tous les genres, des vers comme :

> Et les grands ciels qui font rêver d'éternité

que tu pourrais croire d'Hugo, comme :

> Et tes yeux attirants comme ceux d'un portrait

que tu pourrais croire de Gautier, comme :

> Ô toi que j'eusse aimé, ô toi qui le savais

que tu pourrais croire de Sully Prudhomme, comme :

> Tous ceux qu'il veut aimer l'observent avec
> crainte

que tu pourrais croire de Racine, comme :

> Ô charme du néant follement attifé

que tu pourrais croire de Mallarmé, comme tant d'autres que tu pourrais croire de Sainte-Beuve, de Gérard de Nerval, qui a tant de rapports avec lui, qui était plus tendre, qui lui aussi a des démêlés de famille (ô Stendhal, Baudelaire, Gérard !) mais où il est si tendre, qui est un névrosé comme lui, et qui comme lui a fait les plus beaux vers, qu'on devrait reprendre ensuite, et comme lui paresseux avec des certitudes d'exécution dans le détail, et de l'incertitude dans le plan. C'est si curieux, ces poèmes de Baudelaire avec ces grands vers que son génie emporté dans le tournant de l'hémistiche précédent s'apprête, à pleins essieux, à remplir dans toute leur gigantesque carrière, et qui donnent ainsi la plus grande idée de la richesse, de l'éloquence, de l'illimité d'un génie :

> Et dont les yeux auraient fait pleuvoir les aumônes
> Sans la méchanceté qui brillait dans leurs yeux
> … Ce petit fleuve,
> Triste et pauvre miroir où jadis resplendit
> L'immense majesté de vos douleurs de veuve…

et cent autres exemples. Quelquefois, sans que le vers suivant soit sublime, il y a pourtant cet admirable ralentissement à l'hémistiche qui va lancer le char dans la carrière du vers suivant, cette montée du trapèze qui va encore, encore plus haut, lentement, sans grand but, pour lancer mieux :

> Nul œil ne distinguait (pour mieux lancer sa pensée)
> Du même enfer venu (tournant)

Et la fin de ces pièces, brusquement arrêtées, les ailes coupées, comme s'il n'avait pas la force de continuer, celui qui faisait voler son char dès l'avant-dernier vers dans l'immense arène.

Fin d'*Andromaque* :

> Aux captifs, aux vaincus, à bien d'autres encor…

Fin du *Voyage* :

> Au fond de l'Inconnu pour trouver du nouveau…

Fin des *Sept Vieillards* :

> Et mon âme dansait, dansait, vieille gabare
> *Sans mâts, sur une mer monstrueuse et sans bords.*

Il est vrai que certaines répétitions chez Baudelaire semblent un goût et ne peuvent guère être prises pour une cheville.

Hélas, un jour devait venir où arriva pour lui ce qu'il avait appelé le châtiment de l'orgueil :

> Sa raison s'en alla.
> L'éclat de ce soleil d'un crêpe se voila.
> Tout le chaos roula dans cette intelligence,
> Temple autrefois vivant, plein d'ordre et d'opulence,
> Sous les plafonds duquel tant de pompe avait lui.
> Le silence et la nuit s'installèrent en lui,
> Comme dans un caveau dont la clef est perdue.
> Dès lors il fut semblable aux bêtes de la rue
> Et quand il s'en allait sans rien voir, à travers
> Les champs, sans distinguer les étés des hivers,
> Sale, inutile et laid comme une chose usée,
> Il faisait des enfants la joie et la risée.

Alors, il ne pouvait plus, lui qui, et quelques jours encore auparavant, avait momentanément détenu le verbe le plus puissant qui ait éclaté sur des lèvres humaines, prononcer que ces seuls mots « nom, crénom », et s'étant aperçu dans une glace qu'une amie (une de ces amies barbares qui croient vous faire du bien en vous forçant à « être soigné » et qui ne craignent pas de tendre une glace à un visage moribond qui s'ignore et qui de ses yeux presque déjà fermés s'imagine un visage de vie) lui avait apportée pour qu'il se peignât, ne se reconnaissant pas, il salua !

Je pense à toutes ces choses, et comme il dit à bien d'autres encore, et je ne peux pas penser qu'il a été tout de même un grand critique, celui qui, ayant parlé si abondamment de tant d'imbéciles, bien disposé d'ailleurs pour Baudelaire, ayant sans cesse l'esprit attiré vers sa production qu'il prétendait d'ailleurs voisine de la sienne (*Joseph Delorme*, ce sont *Les Fleurs du Mal* avant la lettre), a écrit sur lui seulement quelques lignes où en dehors d'un trait d'esprit (« Kamtchatka littéraire » et « Folie Baudelaire »), il n'y a que ceci qui peut s'appliquer aussi bien à beaucoup de conducteurs de cotillons : « Gentil garçon, gagne à être connu, poli, fait bonne impression. »

Encore est-il un de ceux, à cause tout de même de sa merveilleuse intelligence, qui l'ont le mieux compris. Lui qui a lutté toute sa vie contre la misère et la calomnie, quand il est mort, on l'avait tellement représenté à sa mère comme un fou et un pervers qu'elle fut stupéfaite et ravie d'une lettre de Sainte-Beuve qui lui parlait de son fils comme d'un homme intelligent et bon. Le pauvre Baudelaire avait dû lutter toute sa vie contre le mépris de tous. Mais

> Les vastes éclairs de son esprit lucide
> Lui dérobaient l'aspect des peuples furieux.

Furieux jusqu'au bout: quand il était paralysé, sur ce lit de souffrances où la négresse, qui avait été sa seule passion, venait le relancer par ses demandes d'argent, il fallait que les pauvres mots d'impatience contre le mal, mal prononcés par sa bouche aphasique, aient paru des impiétés et des blasphèmes à la supérieure du couvent où il était soigné et qu'il dut quitter. Mais comme Gérard, il jouait avec le vent, causait avec le nuage, s'enivrait en chantant du chemin de la croix. Comme Gérard qui demandait qu'on dise à ses parents qu'il était intelligent. C'est à cette époque de sa vie que Baudelaire avait ces grands cheveux blancs qui lui donnaient l'air, disait-il, « d'un académicien (à l'étranger !) ». Il a surtout sur ce dernier portrait une ressemblance fantastique avec Hugo, Vigny et Leconte de Lisle, comme si tous les quatre n'étaient que des épreuves un peu différentes d'un même visage, du visage de ce grand poète qui au fond est un, depuis le commencement du monde, dont la vie intermittente, aussi longue que celle de l'humanité, eut en ce siècle ses heures tourmentées et cruelles, que nous appelons vie de Baudelaire, ses heures laborieuses et sereines, que nous appelons vie de Hugo, ses heures vagabondes et innocentes que nous appelons vie de Gérard et peut-être de Francis Jammes, ses égarements et abaissements sur des buts d'ambition étrangers à la vérité, que nous appelons vie de Chateaubriand et de Balzac, ses égarements et surélévation au-dessus de la vérité, que nous appelons deuxième partie de la vie de Tolstoï, comme de Racine, de Pascal, de Ruskin, peut-être de Maeterlinck.

Annexe III :
Marcel Proust, *Contre Sainte-Beuve*, « Gérard de Nerval »

« Gérard de Nerval, qui était comme le commis voyageur de Paris à Munich… » Ce jugement semble surprenant aujourd'hui où on s'accorde à proclamer *Sylvie* un chef-d'œuvre. Le dirai-je pourtant, *Sylvie* est admirée aujourd'hui si à contresens à mon avis, que je préférerais presque pour elle l'oubli où l'a laissée Sainte-Beuve et d'où du moins elle pouvait sortir intacte et dans sa miraculeuse fraîcheur. Il est vrai que même de cet oubli qui l'abîme davantage, qui le défigure sous des couleurs qu'il n'a pas, un chef-d'œuvre a tôt fait de sortir, quand une interprétation vraie lui rend sa beauté. La sculpture grecque a peut-être été plus déconsidérée par l'interprétation de l'Académie, ou la tragédie de Racine par les néo-classiques, qu'elles n'auraient pu l'être par un oubli total. Il valait mieux ne pas lire Racine que d'y voir du Campistron. Mais aujourd'hui il a été nettoyé de ce poncif et se montre à nous aussi original et nouveau que s'il avait été inconnu. Ainsi de la sculpture grecque. Et c'est un Rodin, c'est-à-dire un anticlassique qui montre cela.

Il est convenu aujourd'hui que Gérard de Nerval était un écrivain du XVIIIe siècle attardé et que le romantisme n'influença pas un pur Gaulois, traditionnel et local, qui a donné dans *Sylvie* une peinture naïve et fine de la vie française idéalisée. Voilà ce qu'on a fait de cet homme, qui à vingt ans traduisait *Faust*, allait voir Goethe à Weimar, pourvoyait le romantisme de toute son inspiration étrangère, était dès sa jeunesse sujet à des accès de folie, était finalement enfermé, avait la nostalgie de l'Orient et finissait par y partir, était trouvé pendu à la poterne d'une cour immonde, sans que, dans l'étrangeté de fréquentations et d'allures où l'avaient conduit l'excentricité de sa nature et le dérangement de son cerveau, on ait pu décider s'il s'était tué dans un accès de folie ou avait été assassiné par un de ses compagnons habituels, les deux hypothèses paraissant également plausibles ! Fou, non pas d'une folie en quelque sorte purement organique et n'influant en rien sur la nature de la pensée, comme nous en avons connu de ces fous, qui en dehors de leurs crises avaient plutôt trop de bon sens, un esprit presque trop raisonnable, trop positif, tourmenté seulement d'une mélancolie toute physique. Chez Gérard de Nerval la folie naissante et pas encore déclarée n'est qu'une sorte de subjectivisme excessif, d'importance plus grande pour ainsi dire, attachée à un rêve, à un souvenir, à la qualité personnelle de la sensation, qu'à ce que cette sensation signifie de commun à tous, de perceptible pour tous, la réalité. Et quand cette disposition artistique, la disposition qui conduit, selon l'expression de Flaubert, à ne considérer la réalité que « pour l'emploi d'une illusion à décrire », et à faire des illusions qu'on trouve du prix à décrire une sorte de réalité, finit par devenir la folie, cette folie est tellement le développement de son originalité littéraire dans ce qu'elle a d'essentiel, qu'il la décrit au fur et à mesure qu'il l'éprouve, au moins tant qu'elle reste descriptible, comme un artiste noterait en s'endormant les étapes de conscience qui conduisent de la veille au sommeil, jusqu'au moment où le sommeil rend le dédoublement impossible. Et c'est aussi dans cette période de sa vie qu'il a écrit ses admirables poèmes où il y a peut-être les plus beaux vers de la langue française, mais aussi obscurs que du Mallarmé, obscurs, a dit Théophile Gautier, à rendre clair *Lycophron* :

> Je suis le ténébreux…

et tant d'autres…

Or, il n'y a nullement solution de continuité entre Gérard poète et l'auteur de *Sylvie*. On peut même dire – et c'est évidemment un des reproches qu'on peut lui faire, une des choses qui montrent en lui tout de même l'auteur, sinon de second ordre, du moins sans génie vraiment déterminé, créant sa forme d'art en même temps que sa pensée – que ses vers et ses nouvelles ne sont (comme les *Petits Poëmes en prose* de Baudelaire et *Les Fleurs du Mal*, par exemple) que des tentatives différentes pour exprimer la même chose. Chez de tels génies la vision intérieure est bien certaine, bien forte. Mais, maladie de la volonté ou manque d'instinct déterminé, prédominance de l'intelligence qui indique plutôt les voies différentes qu'elle ne passe en une, on essaye en vers, puis pour ne pas perdre la première idée on fait en prose, etc.

On voit des vers qui expriment presque la même chose. De même que dans Baudelaire nous avons un vers :

> Le ciel pur où frémit l'éternelle chaleur

et dans les *Petits Poëmes en prose* correspondant :

> Un ciel pur où se perd l'éternelle chaleur,

de même, vous avez déjà reconnu dans ce vers que je citais à l'instant :

> Et la treille où le pampre à la rose s'allie

la fenêtre de *Sylvie* :

> où le pampre s'enlace aux rosiers

Et d'ailleurs c'est ensuite à chaque maison dans *Sylvie* que nous voyons les roses s'unir aux vignes. M. Jules Lemaître, qui n'est nullement visé d'ailleurs (je m'expliquerai tout à l'heure), a cité dans son *Racine* ce début de *Sylvie* : « Des jeunes filles dansaient en rond sur la pelouse en chantant de vieux airs transmis par leurs mères, et d'un français si naturellement pur que l'on se sentait bien exister dans ce vieux pays de Valois où pendant plus de mille ans a battu le cœur de la France. » Traditionnel, bien français ? Je ne le trouve pas du tout. Il faut remettre cette phrase où elle est, dans son éclairage. C'est dans une sorte de rêve : « Je regagnai mon lit et ne pus y trouver le repos. Plongé dans une demi-somnolence, toute ma jeunesse repassait en mes souvenirs. Cet état où l'esprit résiste encore aux bizarres combinaisons du songe, permet souvent de voir se presser en quelques minutes les tableaux les plus saillants d'une longue période d'existence. » Vous avez reconnu immédiatement cette poésie de Gérard :

Il est un air pour qui je donnerais…

Donc ce que nous avons ici, c'est un de ces tableaux d'une couleur irréelle, que nous ne voyons pas dans la réalité, que les mots même n'évoquent pas, mais que parfois nous voyons dans le rêve, ou que la musique évoque. Parfois, au moment de s'endormir, on les aperçoit, on veut fixer et définir leur forme. Alors on s'éveille, on ne les voit plus, on s'y laisse aller et avant qu'on ait su les fixer on est endormi, comme si l'intelligence n'avait pas la permission de les voir. Les êtres eux-mêmes qui sont dans de tels tableaux sont des rêves.

Une femme que dans une autre existence
peut-être
J'ai vue et dont je me souviens…

Qu'y a-t-il de moins racinien que cela ? Que l'objet même du désir et du rêve soit précisément ce charme français où Racine a vécu et qu'il a exprimé sans d'ailleurs le ressentir, c'est très possible, mais c'est comme si l'on trouvait qu'une classe de choses absolument pareilles sont un verre d'eau fraîche et un fiévreux, parce qu'il le désire, ou l'innocence d'une jeune fille et la lubricité d'un vieillard parce que le premier est le rêve du second. M. Lemaître, et je dis cela sans que cela altère en rien ma profonde admiration pour lui, sans que cela ôte rien à son livre merveilleux, incomparable sur Racine, a été l'inventeur, dans ce temps où il y en a si peu, d'une critique qui est bien à lui, qui est toute une création et où, dans les morceaux les plus caractéristiques et qui resteront parce qu'ils sont tout à fait personnels, il aime à faire sortir d'une œuvre une quantité de choses qui en pleuvent alors à profusion, un peu comme des gobelets qu'il y aurait mis.

Mais, en réalité, il n'y a absolument rien de tout cela dans *Phèdre* ni dans *Bajazet*. Si pour une raison quelconque on met le mot Turquie dans un livre, si d'ailleurs on n'en a aucune idée, aucune impression, aucun désir, on ne peut pas dire que la Turquie soit dans ce livre. Racine solaire, rayonnement du soleil, etc. On ne peut compter en art que ce qui est exprimé ou ressenti. Dire que la Turquie n'est pas absente d'une œuvre, c'est dire que l'idée de la Turquie, la sensation de la Turquie, etc.

Je sais bien qu'il est de l'amour de certains lieux d'autres formes que l'amour littéraire, des formes moins conscientes, aussi profondes peut-être. Je sais qu'il est des hommes qui ne sont pas des artistes, des chefs de bureau, des petits ou grands bourgeois, des médecins qui, au lieu d'avoir un bel appartement à Paris ou une voiture, ou aller au théâtre, placent une partie de leur revenu pour avoir une petite maison en Bretagne, où ils se promènent le soir, inconscients du plaisir artistique qu'ils éprouvent, et qu'ils expriment tout au plus en disant de temps en temps: «Il fait beau, il fait bon», ou «C'est agréable de se promener le soir». Mais rien ne nous dit même que cela existait chez Racine, et en tout cas n'aurait eu nullement le caractère nostalgique, la couleur de rêve de *Sylvie*. Aujourd'hui toute une école, qui à vrai dire a été utile, en réaction de la logomachie abstraite régnante, a imposé à l'art un nouveau jeu qu'elle croit renouvelé de l'ancien, et on commence par convenir que pour ne pas alourdir la phrase on ne lui fera rien exprimer du tout, que pour rendre le contour du livre plus net on en bannira l'expression de toute impression difficile à rendre, toute pensée, etc., et pour conserver à la langue son caractère traditionnel on se contentera constamment des phrases qui existent, toutes faites, sans même prendre la peine de les repenser. Il n'y a pas un extrême mérite à ce que le ton soit assez rapide, la syntaxe d'assez bon aloi, et l'allure assez dégagée. Il n'est pas difficile de faire le chemin au pas de course si on commence avant de partir par jeter à la rivière tous les trésors qu'on était chargé d'apporter. Seulement la rapidité du voyage et l'aisance de l'arrivée sont assez indifférentes, puisque à l'arrivée on n'apporte rien.

C'est à tort qu'on croit qu'un tel art a pu se réclamer du passé. Il ne doit en tout cas, moins que de personne, se réclamer de Gérard de Nerval. Ce qui le leur a donné à croire, c'est qu'ils aiment à se borner dans leurs articles, leurs poèmes ou leurs romans à décrire une beauté française « modérée, avec de claires architectures, sous un ciel aimable, avec des coteaux et des églises comme celles de Dammartin et d'Ermenonville ». Rien n'est plus loin de *Sylvie*.

Si quand M. Barrès nous parle des cantons de Chantilly, de Compiègne et d'Ermenonville, quand il nous parle d'aborder aux îles du Valois ou d'aller dans les bois de Chââlis ou de Pontarmé, nous éprouvons ce trouble délicieux, c'est que ces noms, nous les avons lus dans *Sylvie*, qu'ils sont faits, non avec des souvenirs de temps réel, mais avec ce plaisir de fraîcheur, mais à base d'inquiétude, que ressentait ce « fol délicieux » et qui faisait pour lui de ces matinées dans ces bois ou plutôt de leur souvenir « à demi rêvé » un enchantement plein de trouble. L'Île-de-France, pays de mesure, de grâce moyenne, etc. Ah ! que c'est loin de cela, comme il y a de l'inexprimable, quelque chose au-delà de la fraîcheur, au-delà du matin, au-delà du beau temps, au-delà de l'évocation du passé même, ce quelque chose qui faisait sauter, dresser et chanter Gérard, mais pas d'une joie saine, et qui nous communique ce trouble infini, quand nous pensons que ces pays existent et que nous pouvons aller nous promener au pays de *Sylvie*. Aussi pour le suggérer, que fait M. Barrès ? Il nous dit ces noms, il nous parle de choses qui ont l'air traditionnel et dont le sentiment, le fait de s'y plaire est bien d'aujourd'hui, bien peu sage, bien peu « grâce moyenne », bien peu « Île-de-France », selon M. Hallays et M. Boulanger, comme la divine douceur des cierges vacillants en plein jour dans nos enterrements et les cloches dans la brume d'octobre. Et la meilleure preuve, c'est que quelques pages plus loin on peut lire la même évocation, il la fait pour M. de Vogüé, qui, lui, en reste à la Touraine, aux paysages « composés selon notre goût », à la blonde Loire. Que cela est à cent lieues de Gérard ! Certes, nous nous rappelons l'ivresse de ces premières matinées d'hiver, le désir du voyage, l'enchantement des lointains ensoleillés. Mais notre plaisir est fait de trouble. La grâce mesurée du paysage en est la matière, mais il va au-delà. Cet au-delà est indéfinissable. Il sera un jour chez Gérard la folie. En attendant il n'a rien de mesuré, de bien français. Le génie de Gérard en a imprégné ces noms, ces lieux. Je pense que tout homme qui a une sensibilité aiguë peut se laisser suggestionner par cette rêverie qui nous laisse une sorte de pointe, « car il n'est pas de pointe plus acérée que celle de l'Infini ». Mais on ne nous rend pas le trouble que nous donne notre maîtresse en parlant de l'amour, mais en disant ces petites choses qui peuvent l'évoquer, le coin de sa robe, son prénom. Ainsi tout cela n'est rien, ce sont les mots Châalis, Pontarmé, îles de l'Île-de-France, qui exaltent jusqu'à l'ivresse la pensée que nous pouvons par un beau matin d'hiver partir voir ces pays de rêve où se promena Gérard.

C'est pourquoi tous les éloges qu'on pourra nous donner sur des pays nous laissent froids. Et nous voudrions tant avoir écrit ces pages de *Sylvie*. Mais on ne peut pas à la fois avoir le ciel et être riche, dit Baudelaire. On ne peut pas avoir fait avec l'intelligence et le goût un paysage, même comme Victor Hugo, même comme Heredia, dans le vide, et avoir empreint un pays de cette atmosphère de rêve que Gérard a laissée en Valois, parce que c'est bien de son rêve qu'il l'a tirée. On peut penser sans trouble à l'admirable *Villequier* d'Hugo, à l'admirable *Loire* d'Heredia. On frissonne quand on a lu dans un indicateur de chemin de fer le nom de Pontarmé. Il y a en lui quelque chose d'indéfinissable, qui se communique, qu'on voudrait par calcul avoir sans l'éprouver, mais qui est un élément original, qui entre dans la composition de ces génies et n'existe pas dans la composition des autres, et qui est quelque chose de plus, comme il y a dans le fait d'être amoureux quelque chose de plus que l'admiration esthétique et de goût. C'est cela qu'il y a dans certains éclairages de rêve, comme celui qu'il y a devant le château Louis XIII, et si intelligent qu'on soit comme Lemaître, quand on le cite comme un modèle de grâce mesurée, on erre. C'est un modèle de hantise maladive… Maintenant rappeler ce que sa folie avait d'inoffensif, de presque traditionnel et d'ancien en l'appelant un « fol délicieux », c'est de la part de Barrès une marque de goût charmant.

Mais Gérard allait revoir le Valois pour composer *Sylvie*? Mais oui. La passion croit son objet réel, l'amant de rêve d'un pays veut le voir. Sans cela, ce ne serait pas sincère. Gérard est naïf et voyage. Marcel Prévost se dit: restons chez nous, c'est un rêve. Mais tout compte fait, il n'y a que l'inexprimable, que ce qu'on croyait ne pas réussir à faire entrer dans un livre qui y reste. C'est quelque chose de vague et d'obsédant comme le souvenir. C'est une atmosphère. L'atmosphère bleuâtre et pourprée de *Sylvie*. Cet inexprimable-là, quand nous ne l'avons pas ressenti nous nous flattons que notre œuvre vaudra celle de ceux qui l'ont ressenti, puisqu'en somme les mots sont les mêmes. Seulement ce n'est pas dans les mots, ce n'est pas exprimé, c'est tout entre les mots, comme la brume d'un matin de Chantilly.

Si un écrivain aux antipodes des claires et faciles aquarelles a cherché à se définir laborieusement à lui-même, à saisir, à éclairer des nuances troubles, des lois profondes, des impressions presque insaisissables de l'âme humaine, c'est Gérard de Nerval dans *Sylvie*. Cette histoire que vous appelez la peinture naïve, c'est le rêve d'un rêve, rappelez-vous. Gérard essaie de se souvenir d'une femme qu'il aimait en même temps qu'une autre, qui domine ainsi certaines heures de sa vie et qui tous les soirs le reprend à une certaine heure. Et en évoquant ce temps dans un tableau de rêve, il est pris du désir de partir pour ce pays, il descend de chez lui, se fait rouvrir la porte, prend une voiture. Et tout en allant en cahotant vers Loisy, il se rappelle et raconte. Il arrive après cette nuit d'insomnie et ce qu'il voit alors, pour ainsi dire détaché de la réalité par cette nuit d'insomnie, par ce retour dans un pays qui est plutôt pour lui un passé qui existe au moins autant dans son cœur que sur la carte, est entremêlé si étroitement aux souvenirs qu'il continue à évoquer, qu'on est obligé à tout moment de tourner les pages qui précèdent pour voir où on se trouve, si c'est présent ou rappel du passé.

Les êtres eux-mêmes sont comme une femme des vers que nous citions, « que dans une autre existence j'ai connue et dont je me souviens ». Cette Adrienne qu'il croit être la comédienne, ce qui fait qu'il devient amoureux de la comédienne, et qui n'était pas elle, ces châteaux, ces personnes nobles qu'il semble voir vivre plutôt dans le passé, cette fête qui a lieu le jour de la Saint-Barthélémy et dont il n'est pas bien sûr qu'elle ait eu lieu et qu'elle ne soit pas un rêve, « le fils du garde était gris », etc., j'ai raison de dire que dans tout cela même les êtres ne sont que les ombres d'un rêve. La divine matinée sur le chemin, la visite à la maison de la grand-mère de Sylvie, cela est réel… Mais rappelez-vous : cette nuit-là, il n'a encore dormi qu'un moment à la belle étoile, et d'un étrange sommeil où il percevait encore les choses, puisqu'il se réveille avec le son de l'angélus dans l'oreille, qu'il n'a pas entendu.

De telles matinées sont réelles, si l'on veut. Mais on y a cette exaltation où la moindre beauté nous grise et nous donne presque, quoique la réalité habituellement ne puisse pas le faire, un plaisir de rêve. La couleur juste de chaque chose vous émeut comme une harmonie, on a envie de pleurer de voir que les roses sont roses ou, si c'est l'hiver, de voir sur les troncs des arbres de belles couleurs vertes presque réfléchissantes, et si un peu de lumière vient toucher ces couleurs, comme par exemple au coucher du soleil où le lilas blanc fait chanter sa blancheur, on se sent inondé de beauté. Dans les demeures où l'air vif de la nature vous exalte encore, dans les demeures paysannes ou dans les châteaux, cette exaltation est aussi vive qu'elle était dans la promenade, et un objet ancien qui nous apporte un motif de rêve accroît cette exaltation. Que de châtelains positifs j'ai dû ainsi étonner par l'émotion de ma reconnaissance ou de mon admiration, rien qu'en montant un escalier couvert d'un tapis aux diverses couleurs, ou en voyant pendant le déjeuner le pâle soleil de mars faire briller les transparentes couleurs vertes dont sont patinés les troncs du parc et venir chauffer son pâle rayon sur le tapis près du grand feu, pendant que le cocher venait prendre les ordres pour la promenade que nous allions faire. Telles sont ces matinées bénies, creusées par une insomnie, l'ébranlement nerveux d'un voyage, une ivresse physique, une circonstance exceptionnelle, dans la dure pierre de nos journées, et gardant miraculeusement les couleurs délicieuses, exaltées, le charme de rêve qui les isole dans notre souvenir comme une grotte merveilleuse, magique et multicolore dans son atmosphère spéciale.

La couleur de *Sylvie*, c'est une couleur pourpre, d'une rose pourpre en velours pourpre ou violacé, et nullement les tons aquarellés de leur France modérée. À tout moment ce rappel de rouge revient, tirs, foulards rouges, etc. Et ce nom lui-même pourpré de ses deux I – Sylvie, la vraie *Fille du feu*. Pour moi qui pourrais les dénombrer, ces mystérieuses lois de la pensée que j'ai souvent souhaité d'exprimer et que je trouve exprimées dans *Sylvie* – j'en pourrais compter, je le crois, jusqu'à cinq et six – j'ai le droit de dire que quelque distance qu'une exécution parfaite – et qui est tout – met entre une simple velléité de l'esprit et un chef-d'œuvre, met entre les écrivains dits en dérision penseurs et Gérard, c'est eux qui peuvent pourtant se réclamer de lui plutôt que ceux à qui la perfection de l'exécution n'est pas difficile, puisqu'ils n'exécutent rien du tout. Certes, le tableau présenté par Gérard est délicieusement simple. Et c'est la fortune unique de son génie. Ces sensations si subjectives, si nous disons seulement la chose qui les provoque, nous ne rendons pas précisément ce qui donne du prix à nos yeux. Mais aussi, si nous essayons en analysant notre impression de rendre ce qu'elle a de subjectif, nous faisons évanouir l'image et le tableau. De sorte que par désespoir nous alimentons encore mieux nos rêveries avec ce qui nomme notre rêve sans l'expliquer, avec les indicateurs de chemin de fer, les récits de voyageurs, les noms des commerçants et des rues d'un village, les notes de M. Bazin où chaque espèce d'arbre est nommée, que dans un trop subjectif Pierre Loti. Mais Gérard a trouvé le moyen de ne faire que peindre et de donner à son tableau les couleurs de son rêve. Peut-être y a-t-il encore un peu trop d'intelligence dans sa nouvelle…

Annexe IV : Marcel Proust, Contre Sainte-Beuve, « Conclusion »

Dès que je lisais un auteur, je distinguais bien vite sous les paroles l'air de la chanson, qui en chaque auteur est différent de ce qu'il est chez tous les autres, et tout en lisant, sans m'en rendre compte, je le chantonnais, je pressais les notes ou les ralentissais ou les interrompais, pour marquer la mesure des notes et leur retour, comme on fait quand on chante, et on attend souvent longtemps, selon la mesure de l'air, avant de dire la fin d'un mot.

Je savais bien que si, n'ayant jamais pu travailler, je ne savais écrire, j'avais cette oreille-là plus fine et plus juste que bien d'autres, ce qui m'a permis de faire des pastiches, car chez un écrivain, quand on tient l'air, les paroles viennent bien vite. Mais ce don, je ne l'ai pas employé, et de temps en temps, à des périodes différentes de ma vie, celui-là, comme celui aussi de découvrir un lien profond entre deux idées, deux sensations, je le sens toujours vif en moi, mais pas fortifié, et qui sera bientôt affaibli et mort. Pourtant, il aura de la peine, car c'est souvent quand je suis le plus malade, que je n'ai plus d'idées dans la tête ni de forces, que ce moi que je reconnais parfois aperçoit ces liens entre deux idées, comme c'est souvent à l'automne, quand il n'y a plus de fleurs ni de feuilles, qu'on sent dans les paysages les accords les plus profonds. Et ce garçon qui joue ainsi en moi sur les ruines n'a besoin d'aucune nourriture, il se nourrit simplement du plaisir que la vue de l'idée qu'il découvre lui donne, il la crée, elle le crée, il meurt, mais une idée le ressuscite, comme ces graines qui s'interrompent de germer dans une atmosphère trop sèche, qui sont mortes : mais un peu d'humidité et de chaleur suffit à les faire renaître.

Et je pense que le garçon qui en moi s'amuse à cela doit être le même que celui qui a aussi l'oreille fine et juste pour sentir entre deux impressions, entre deux idées, une harmonie très fine que d'autres ne sentent pas. Qu'est-ce que cet être, je n'en sais rien. Mais s'il crée en quelque sorte ces harmonies, il vit d'elles, aussitôt il se soulève, germe, grandit, de tout ce qu'elles lui donnent de vie, et meurt ensuite, ne pouvant vivre que d'elles. Mais si prolongé que soit le sommeil où il se trouve ensuite (comme pour les graines de M. Becquerel), il ne meurt pas, ou plutôt il meurt mais pour renaître si une autre harmonie se présente, même si simplement entre deux tableaux d'un même peintre il aperçoit une même sinuosité de profils, une même pièce d'étoffe, une même chaise, montrant entre les deux tableaux quelque chose de commun : la prédilection et l'essence de l'esprit du peintre. Ce qu'il y a dans le tableau d'un peintre ne peut le nourrir, ni dans un livre d'un auteur non plus, et dans un second tableau du peintre, un second livre de l'auteur. Mais si dans le second tableau ou le second livre, il aperçoit quelque chose qui n'est pas dans le second et le premier, mais qui en quelque sorte est entre les deux, dans une sorte de tableau idéal, qu'il voit en matière spirituelle se modeler hors du tableau, il a reçu sa nourriture et recommence à exister et à être heureux. Car pour lui exister et être heureux n'est qu'une seule chose. Et si entre ce tableau idéal et ce livre idéal dont chacun suffit à le rendre heureux, il trouve un lien plus haut encore, sa joie s'accroît encore. Car il meurt instantanément dans le particulier, et se remet immédiatement à flotter et à vivre dans le général. Il ne vit que du général, le général l'anime et le nourrit, et il meurt instantanément dans le particulier. Mais le temps qu'il vit, sa vie n'est qu'une extase et qu'une félicité. Il n'y a que lui qui devrait écrire mes livres. Mais aussi seraient-ils plus beaux ?

Qu'importe qu'on nous dise : vous perdez à cela votre habileté. Ce que nous faisons, c'est remonter à la vie, c'est briser de toutes nos forces la glace de l'habitude et du raisonnement qui se prend immédiatement sur la réalité et fait que nous ne la voyons jamais, c'est retrouver la mer libre. Pourquoi cette coïncidence entre deux impressions nous rend-elle la réalité ? Peut-être parce que alors elle ressuscite avec ce qu'elle omet, tandis que si nous raisonnons, si nous cherchons à nous rappeler, nous ajoutons ou nous retirons.

Les beaux livres sont écrits dans une sorte de langue étrangère. Sous chaque mot chacun de nous met son sens ou du moins son image qui est souvent un contresens. Mais dans les beaux livres, tous les contresens qu'on fait sont beaux. Quand je lis le berger de *L'Ensorcelée*, je vois un homme à la Mantegna, et de la couleur de la T… de Botticelli. Ce n'est peut-être pas du tout ce qu'a vu Barbey. Mais il y a dans sa description un ensemble de rapports qui, étant donné le point de départ faux de mon contresens, lui donnent la même progression de beauté.

Il semble que l'originalité d'un homme de génie ne soit que comme une fleur, une cime superposée au même moi que celui des gens de talent médiocre de sa génération ; mais ce même moi, ce même talent médiocre existe chez eux. Nous croyons que Musset, que Loti, que Régnier sont des êtres à part. Mais quand Musset bâclait de la critique d'art, nous voyons avec horreur les phrases les plus plates de Villemain naître sous sa plume, nous sommes stupéfaits de découvrir en Régnier un Brisson ; quand Loti a à faire un discours académique et quand Musset a à fournir un article sur la main-d'œuvre pour une revue de peu d'importance, n'ayant pas le temps de forer son moi banal pour en faire sortir l'autre qui viendrait se superposer, nous voyons que sa pensée et son langage sont pleins…

Il est si personnel, si unique, le principe qui agit en nous quand nous écrivons et crée au fur et à mesure notre œuvre, que dans la même génération les esprits de même sorte, de même famille, de même culture, de même inspiration, de même milieu, de même condition, prennent la plume pour écrire presque de la même manière la même chose décrite et ajoutent chacun la broderie particulière qui n'est qu'à lui, et qui fait de la même chose une chose toute nouvelle, où toutes les proportions des qualités des autres sont déplacées. Et ainsi le genre des écrivains originaux se poursuit, chacun faisant entendre une note essentielle qui cependant, par un intervalle imperceptible, est irréductiblement différente de celle qui la précède et de celle qui la suit. Voyez, l'un à côté de l'autre, tous nos écrivains : les originaux seulement, et les grands aussi, qui sont aussi des écrivains originaux et qu'à cause de cela, ici, il n'y a pas lieu d'en distinguer. Vois comme ils se touchent et comme ils diffèrent. Suis à côté l'un de l'autre, comme dans une guirlande tressée à l'âme et faite de fleurs innombrables, mais toutes différentes, sur un rang, France, Henri de Régnier, Boylesve, Francis Jammes, dans une même rangée, cependant que sur une autre rangée tu verras Barrès, sur une autre Loti.

Sans doute quand Régnier et France ont commencé tous deux à écrire, avaient-ils la même culture, la même idée de l'art, ont-ils cherché à peindre de même. Et ces tableaux qu'ils essayaient de peindre, ils avaient sur leur réalité objective à peu près la même idée. Pour France la vie est le rêve d'un rêve, pour Régnier les choses ont le visage de nos songes. Mais cette similitude de nos pensées et des choses, aussitôt Régnier, méticuleux et approfondi, est plus tourmenté de n'oublier jamais de la vérifier, de démontrer la coïncidence, il répand en son œuvre sa pensée, sa phrase s'allonge, se précise, se tortille, sombre et minutieuse comme une ancolie, quand celle de France rayonnante, épanouie et lisse est comme une rose de France.

Et parce que cette réalité véritable est intérieure, peut se dégager d'une impression connue, même frivole ou mondaine, quand elle est à une certaine profondeur et libérée de ces apparences, pour cette raison je ne fais aucune différence entre l'art élevé, qui ne s'occupe pas que de l'amour, à nobles idées, et l'art immoral ou futile, ceux qui font la psychologie d'un savant ou d'un saint plutôt que d'un homme du monde. D'ailleurs dans tout ce qui est du caractère et des passions, des réflexes, il n'y a pas de différence ; le caractère est le même pour les deux, comme les poumons et les os, et le physiologiste pour démontrer les grandes lois de la circulation du sang ne se soucie pas que les viscères aient été extraits du corps d'un artiste ou d'un boutiquier. Peut-être quand nous aurons affaire à un artiste véritable, qui ayant brisé les apparences sera descendu à la profondeur de la vie véritable, pourrons-nous alors, comme il y aura œuvre d'art, nous intéresser davantage à une œuvre mettant en jeu des problèmes plus étendus. Mais d'abord qu'il y ait profondeur, qu'on ait atteint les régions de la vie spirituelle où l'œuvre d'art peut se créer. Or, quand nous verrons un écrivain à chaque page, à chaque situation où se trouve son personnage, ne jamais l'approfondir, ne pas le repenser sur lui-même, mais se servir des expressions toutes faites, que ce qui en nous vient des autres – et des plus mauvais autres – nous suggère quand nous voulons parler d'une chose, si nous ne descendons pas dans ce calme profond où la pensée choisit les mots où elle se reflétera tout entière ; un écrivain qui ne voit pas sa propre pensée, alors invisible à lui, mais se contente de la grossière apparence qui la masque à chacun de nous à tout moment de notre vie, dont le vulgaire se contente dans une perpétuelle ignorance, et que l'écrivain écarte, cherchant à voir ce qu'il y a au fond ; quand par le choix ou plutôt l'absence absolue du choix de ses mots, de ses phrases, la banalité rebattue de toutes ses images, l'absence d'approfondissement d'aucune situation, nous sentirons qu'un tel livre, même si à chaque page il flétrit l'art maniéré, l'art immoral, l'art matérialiste, est lui-même bien plus matérialiste, car il ne descend même pas dans la région spirituelle d'où sont sorties des pages ne faisant que décrire des choses matérielles peut-être, mais avec ce talent qui est la preuve indéniable qu'elles viennent de l'esprit. Il aura beau nous dire que l'autre art n'est pas de l'art populaire, mais de l'art pour quelques-uns, nous penserons, nous, que c'est le sien qui est cet art-là, car il n'y a qu'une manière d'écrire pour tous, c'est d'écrire sans penser à personne, pour ce qu'on a en soi d'essentiel et de profond. Tandis que lui écrit en pensant à quelques-uns, à ces artistes dits maniérés, et non pas essayant de voir par où ils pèchent, approfondissant jusqu'à trouver l'éternel l'impression qu'ils lui produisent, éternel que cette impression contient aussi bien que le contient un souffle d'aubépine ou n'importe quelle chose qu'on sait pénétrer ; mais ici comme partout, en ignorant ce qui se passe au fond de lui, en se contentant des formules rebattues et de sa mauvaise humeur, sans chercher à voir au fond : « Air renfermé de chapelle, allez donc au-dehors. Que me fait votre pensée, hé bien ! qu'est-ce que ça peut faire qu'on soit clérical. Vous me dégoûtez, ces femmes-là devraient être fessées. Il n'y a donc pas de soleil en France. Vous ne pouvez donc pas faire une musique légère. Il faut que vous salissiez tout, etc. » Il est d'ailleurs en quelque sorte obligé à cette superficialité et ce mensonge, puisqu'il choisit pour héros un génie mauvais coucheur dont les boutades terriblement banales sont exaspérantes, mais pourraient se rencontrer chez un homme de génie. Malheureusement quand Jean Christophe, car c'est de lui que je parle, cesse de parler, M. Romain Rolland continue à entasser banalités sur banalités, et quand il cherche une image plus précise, c'est une œuvre de recherche et non de trouvaille, et où il est inférieur à tout écrivain d'aujourd'hui. Les clochers de ses églises, qui sont comme de grands bras, sont inférieurs à tout ce qu'ont trouvé M. Renard, M. Adam, peut-être même M. Leblond.

Aussi cet art est-il le plus superficiel, le plus insincère, le plus matériel (même si son sujet est l'esprit, puisque la seule manière pour qu'il y ait de l'esprit dans un livre, ce n'est pas que l'esprit en soit le sujet mais l'ait fait. Il y a plus d'esprit dans le *Curé de Tours* de Balzac que dans son caractère du peintre Steinbock), et aussi le plus mondain. Car il n'y a que les personnes qui ne savent pas ce que c'est que la profondeur et qui, voyant à tout moment des banalités, des faux raisonnements, des laideurs, ne les aperçoivent pas mais s'enivrent de l'éloge de la profondeur, qui disent : « Voilà de l'art profond ! », de même que quand quelqu'un dit tout le temps : « Ah ! moi je suis franc, moi je n'envoie pas dire ce que je pense, tous nos beaux messieurs sont des flatteurs, moi je suis un rustre », et fait illusion aux gens qui ne savent pas, un homme délicat sait que ces déclarations n'ont rien à voir avec la vraie franchise en art. C'est comme en morale : la prétention ne peut être réputée pour le fait. Au fond, toute ma philosophie revient, comme toute philosophie vraie, à justifier, à reconstruire ce qui est. (En morale, en art, on ne juge plus seulement un tableau sur ses prétentions à la grande peinture et la valeur morale d'un homme sur ses discours.) Le bon sens des artistes, le seul critérium de la spiritualité d'une œuvre, c'est le talent.

Le talent est le critérium de l'originalité, l'originalité est le critérium de la sincérité, le plaisir (pour celui qui écrit) est peut-être le critérium de la vérité du talent.

Il est presque aussi stupide de dire pour parler d'un livre : « C'est très intelligent », que « Il aimait bien sa mère. » Mais le premier n'est pas encore mis en lumière.

Les livres sont l'œuvre de la solitude et les enfants du silence. Les enfants du silence ne doivent rien avoir de commun avec les enfants de la parole, les pensées nées du désir de dire quelque chose, d'un blâme, d'une opinion, c'est-à-dire d'une idée obscure.

La matière de nos livres, la substance de nos phrases doit être immatérielle, non pas prise telle quelle dans la réalité, mais nos phrases elles-mêmes et les épisodes aussi doivent être faits de la substance transparente de nos minutes les meilleures, où nous sommes hors de la réalité et du présent. C'est de ces gouttes de lumière cimentées que sont faits le style et la fable d'un livre.

En outre, il est aussi vain d'écrire spécialement pour le peuple que pour les enfants. Ce qui féconde un enfant, ce n'est pas un livre d'enfantillages. Pourquoi croit-on qu'un ouvrier électricien a besoin que vous écriviez mal et parliez de la Révolution française pour vous comprendre ? D'abord c'est juste le contraire. Comme les Parisiens aiment à lire des voyages d'Océanie et les riches des récits de la vie des mineurs russes, le peuple aime autant lire des choses qui ne se rapportent pas à sa vie. De plus, pourquoi faire cette barrière ? Un ouvrier (voir Halévy) peut être baudelairien.

Cette mauvaise humeur qui ne veut pas voir au fond de soi (qui est en esthétique le pendant d'un homme qui tient à connaître quelqu'un et qui, snobé, dit : « Est-ce que j'ai besoin de lui, ce monsieur ? Qu'est-ce que ça peut me faire de le connaître, il me dégoûte ») c'est en bien plus gros ce que je reproche à Sainte-Beuve, c'est (bien que l'auteur ne parle que d'Idées, etc.) une critique matérielle, de mots qui font plaisir aux lèvres, aux coins de la bouche, aux sourcils remontés, aux épaules, et au contreflot desquels l'esprit n'a pas le courage de remonter pour voir ce qu'il y a. Mais dans Sainte-Beuve, malgré tout, beaucoup plus d'art prouve beaucoup plus de pensée.

L'archaïsme est fait de beaucoup d'insincérités, dont l'une est de prendre pour des traits assimilables du génie des anciens des traits extérieurs, évocateurs dans un pastiche, mais dont ces anciens eux-mêmes n'avaient pas conscience, car leur style ne rendait pas alors de son ancien. De nos jours un poète s'est rencontré, qui croit qu'a passé en lui la grâce de la voix de Virgile et de Ronsard, parce qu'il appelle le premier comme fait le second «le docte Mantouan». Son *Ériphyle* a de la grâce, car un des premiers il a senti que la grâce avait dû vivre, et il donne à la fille le gentil zézaiement d'une petite femme «mon époux, c'était un héros, mais il avait trop de barbe» et elle secoue la tête avec fâcherie à la fin comme une petite jument (peut-être ayant remarqué la vie que donnent les anachronismes involontaires de la Renaissance et du XVIIe siècle); son amant lui dit: «Noble dame» (église chercheuse de grâce, gentilhomme du Péloponnèse). Il se rattache à l'école (Boulanger?) – et Barrès – en ce qu'il indique d'un mot, l'école du sous-entendu. C'est juste l'opposé de Romain Rolland. Mais ce n'est qu'une qualité, et cela ne prévaut pas contre le néant du fond et l'absence d'originalité. Ses célèbres *Stances* ne se sauvent que parce que l'inachèvement, une sorte de banalité et de manque de souffle sont voulus, et comme elles seraient sans cela involontaires, le défaut du poète conspire avec son but. Mais dès qu'il s'oublie et veut dire quelque chose, dès qu'il parle il écrit des choses comme ceci:

Ne dites pas : la vie est un joyeux festin ;
Ou c'est d'un esprit sot ou c'est d'une âme basse.
Surtout ne dites pas : elle est malheur sans fin ;
C'est d'un mauvais courage et qui trop tôt se lasse.

Riez comme au printemps s'agitent les rameaux.
Pleurez comme la bise ou le flot sur la grève.
Goûtez tous les plaisirs et souffrez tous les maux.
Et dites : c'est beaucoup, car c'est l'ombre d'un rêve.

Les écrivains que nous admirons ne peuvent pas nous servir de guides, puisque nous possédons en nous comme l'aiguille aimantée ou le pigeon voyageur, le sens de notre orientation. Mais tandis que guidés par cet instinct intérieur nous volons de l'avant et suivons notre voie, par moments, quand nous jetons les yeux de droite et de gauche sur l'œuvre nouvelle de Francis Jammes ou de Maeterlinck, sur une page que nous ne connaissons pas de Joubert ou d'Emerson, les réminiscences anticipées que nous y trouvons de la même idée, de la même sensation, du même effort d'art que nous exprimons en ce moment, nous font plaisir comme d'aimables poteaux indicateurs qui nous montrent que nous ne nous sommes pas trompés, ou, tandis que nous reposons un instant dans un bois, nous nous sentons confirmés dans notre route par le passage tout près de nous à tire-d'aile de ramiers fraternels qui ne nous ont pas vus. Superflus si l'on veut. Pas tout à fait inutiles cependant. Ils nous montrent ce qui… à ce moi tout de même un peu subjectif qu'est notre moi œuvrant, l'est aussi, d'une valeur plus universelle pour les moi analogues, pour ce moi plus objectif, ce tout le monde cultivé que nous sommes quand nous lisons, l'est non seulement pour notre monde particulier mais aussi pour notre monde universel…

Les belles choses que nous écrirons si nous avons du talent sont en nous, indistinctes, comme le souvenir d'un air, qui nous charme sans que nous puissions en retrouver le contour, le fredonner, ni même en donner un dessin quantitatif, dire s'il y a des pauses, des suites de notes rapides. Ceux qui sont hantés de ce souvenir confus des vérités qu'ils n'ont jamais connues sont les hommes qui sont doués. Mais s'ils se contentent de dire qu'ils entendent un air délicieux, ils n'indiquent rien aux autres, ils n'ont pas de talent. Le talent est comme une sorte de mémoire qui leur permettra de finir par rapprocher d'eux cette musique confuse, de l'entendre clairement, de la noter, de la reproduire, de la chanter. Il arrive un âge où le talent faiblit comme la mémoire, où le muscle mental qui approche les souvenirs intérieurs comme les extérieurs n'a plus de force. Quelquefois cet âge dure toute la vie, par manque d'exercice, par trop rapide satisfaction de soi-même. Et personne ne saura jamais, pas même soi-même, l'air qui vous poursuivait de son rythme insaisissable et délicieux.

Je remercie les ami.e.s qui ont lu et aimé Marcel Proust :
Fabienne Bughin, qui m'a rappelé notre promenade à Illiers-Combray, au début
des années 80,
Véronique Aubouy, pour sa relecture et ses conseils déterminants,
Mathieu Riboulet et Joëlle Gleize,
pour leur relecture et leurs encouragements,
Pierre Parlant pour une conversation,
et enfin Véronique Aubouy :
http://www.aubouy.fr/proust-lu.html
et Yves-Noël Genod :
https://vimeo.com/209551883
pour leur Proust…

Chez le même éditeur

Giorgio Agamben, Alain Badiou, Daniel Bensaïd, Wendy Brown, Jean-Luc Nancy, Jacques Rancière, Kristin Ross, Slavoj Žižek, *Démocratie, dans quel état ?*

Tariq Ali, *Obama s'en va-t-en guerre.*

Zahra Ali (dir.), *Féminismes islamiques.*

Sophie Aouillé, Pierre Bruno, Franck Chaumon, Guy Lérès, Michel Plon, Erik Porge, *Manifeste pour la psychanalyse.*

Bernard Aspe, *L'instant d'après. Projectiles pour une politique à l'état naissant.*

Éric Aunoble, *La Révolution russe, une histoire française. Lectures et représentations depuis 1917.*

Alain Badiou, *Petit panthéon portatif.*

Alain Badiou, *L'aventure de la philosophie française.*

Alain Badiou & Eric Hazan, *L'antisémitisme partout. Aujourd'hui en France.*

Alain Badiou, Pierre Bourdieu, Judith Butler, Georges Didi-Huberman, Sadri Khiari, Jacques Rancière, *Qu'est-ce qu'un peuple ?*

Jean-Christophe Bailly, Jean-Marie Gleize, Christophe Hanna, Hugues Jallon, Manuel Joseph, Jacques-Henri Michot, Yves Pagès, Véronique Pittolo, Nathalie Quintane, *« Toi aussi, tu as des armes. » Poésie & politique.*

Moustapha Barghouti, *Rester sur la montagne. Entretiens sur la Palestine avec Eric Hazan.*

Omar Barghouti, *Boycott, désinvestissement, sanctions. BDS contre l'apartheid et l'occupation de la Palestine.*

Zygmunt Bauman, *Modernité et holocauste.*

Mathieu Bellahsen, *La santé mentale. Vers un bonheur sous contrôle.*

Walter Benjamin, *Essais sur Brecht.*

Walter Benjamin, *Baudelaire.* Édition établie par Giorgio Agamben, Barbara Chitussi et Clemens-Carl Härle.

Daniel Bensaïd, *Les dépossédés. Karl Marx, les voleurs de bois et le droit des pauvres.*

Daniel Bensaïd, *Tout est encore possible.* Entretiens avec Fred Hilgemann.

Jacques Bidet, *Foucault avec Marx.*

Ian H. Birchall, *Sartre et l'extrême gauche française. Cinquante ans de relations tumultueuses.*

Auguste Blanqui, *Maintenant, il faut des armes.* Textes présentés par Dominique Le Nuz.

Félix Boggio Éwangé-Épée & Stella Magliani-Belkacem, *Les féministes blanches et l'empire.*

Bruno Bosteels, *Alain Badiou, une trajectoire polémique.*

Houria Bouteldja, *Les Blancs, les Juifs et nous. Vers une politique de l'amour révolutionnaire.*

Alain Brossat,
Pour en finir avec la prison.

Philippe Buonarroti, *Conspiration pour l'égalité dite de Babeuf.* Présentation de Sabrina Berkane.

Pilar Calveiro,
Pouvoir et disparition. Les camps de concentration en Argentine.

Laurent Cauwet, *La domestication de l'art. Politique et mécénat.*

Grégoire Chamayou, *Les chasses à l'homme.*

Grégoire Chamayou, *Théorie du drone.*

Louis Chevalier, *Montmartre du plaisir et du crime.* Préface d'Eric Hazan.

Ismahane Chouder, Malika Latrèche, Pierre Tevanian,
Les filles voilées parlent.

George Ciccariello-Maher, *La révolution au Venezuela. Une histoire populaire.*

Cimade, *Votre voisin n'a pas de papiers. Paroles d'étrangers.*

Comité invisible, *À nos amis.*

Comité invisible, *L'insurrection qui vient.*

Comité invisible, *Maintenant.*

Angela Davis, *Une lutte sans trêve.* Textes réunis par Frank Barat.

Joseph Déjacque, *À bas les chefs ! Écrits libertaires.* Présenté par Thomas Bouchet.

Christine Delphy, *Classer, dominer. Qui sont les « autres » ?*

Alain Deneault, *Offshore. Paradis fiscaux et souveraineté criminelle.*

Raymond Depardon,
Images politiques.

Raymond Depardon
Le désert, allers et retours.
Propos recueillis par Eric Hazan

Yann Diener, *On agite un enfant. L'État, les psychothérapeutes et les psychotropes.*

Cédric Durand (coord.), *En finir avec l'Europe.*

Dominique Eddé, *Edward Said, le roman de sa pensée*

Éric Fassin, Carine Fouteau, Serge Guichard, Aurélie Windels, *Roms & riverains. Une politique municipale de la race.*

Jean-Pierre Faye, Michèle Cohen-Halimi, *L'histoire cachée du nihilisme. Jacobi, Dostoïevski, Heidegger, Nietzsche.*

Norman G. Finkelstein,
L'industrie de l'holocauste. Réflexions sur l'exploitation de la souffrance des Juifs.

Joëlle Fontaine, *De la résistance à la guerre civile en Grèce. 1941-1946.*

Charles Fourier,
Vers une enfance majeure.
Textes présentés par René Schérer.

Isabelle Garo, *L'idéologie ou la pensée embarquée.*

Gabriel Gauny, *Le philosophe plébéien.* Textes rassemblés et présentés par Jacques Rancière.

Antonio Gramsci, *Guerre de mouvement et guerre de position.* Textes choisis et présentés par Razmig Keucheyan.

Christophe Granger, *La destruction de l'université française.*

Daniel Guérin, *Autobiographie de jeunesse. D'une dissidence sexuelle au socialisme.*

Chris Harman, *La révolution allemande 1918-1923*

Amira Hass, *Boire la mer à Gaza, chroniques 1993-1996.*

Eric Hazan, *Chronique de la guerre civile.*

Eric Hazan, *Notes sur l'occupation. Naplouse, Kalkilyia, Hébron.*

Eric Hazan, *Paris sous tension.*

Eric Hazan, *Une histoire de la Révolution française.*

Eric Hazan & Eyal Sivan, *Un État commun. Entre le Jourdain et la mer.*

Eric Hazan & Kamo, *Premières mesures révolutionnaires.*

Eric Hazan, *La dynamique de la révolte. Sur des insurrections passées et d'autres à venir.*

Eric Hazan, *Pour aboutir à un livre.* Entretiens avec Ernest Moret.

Eric Hazan, *À travers les lignes. Textes politiques.*

Eric Hazan, *Balzac, Paris.*

Henri Heine, *Lutèce. Lettres sur la vie politique, artistique et sociale de la France.* Présentation de Patricia Baudoin.

Hongsheng Jiang, *La Commune de Shanghai et la Commune de Paris.*

Victor Hugo, *Histoire d'un crime.* Préface de Jean-Marc Hovasse, notes et notice de Guy Rosa.

Sadri Khiari, *La contre-révolution coloniale en France. De de Gaulle à Sarkozy.*

Stathis Kouvélakis, *Philosophie et révolution. De Kant à Marx.*

Georges Labica, *Robespierre. Une politique de la philosophie.* Préface de Thierry Labica.

Yitzhak Laor, *Le nouveau philosémitisme européen et le « camp de la paix » en Israël.*

Lénine, *L'État et la révolution.*

Mathieu Léonard, *L'émancipation des travailleurs. Une histoire de la Première Internationale.*

Gideon Levy, *Gaza. Articles pour Haaretz, 2006-2009.*

Laurent Lévy, *« La gauche », les Noirs et les Arabes.*

Frédéric Lordon, *Capitalisme, désir et servitude. Marx et Spinoza.*

Frédéric Lordon, *Imperium. Structures et affects des corps politiques.*

Herbert R. Lottman, *La chute de Paris, 14 juin 1940.*

Pierre Macherey, *De Canguilhem à Foucault. La force des normes.*

Pierre Macherey, *La parole universitaire.*

Gilles Magniont & Yann Fastier, *Avec la langue. Chroniques du « Matricule des anges ».*

Andreas Malm, *L'anthropocène contre l'histoire. Le réchauffement climatique à l'ère du capital.*

Karl Marx,
Sur la question juive.
Présenté par Daniel Bensaïd.

Karl Marx & Friedrich Engels, *Inventer l'inconnu. Textes et correspondance autour de la Commune.* Précédé de « Politique de Marx » par Daniel Bensaïd.

Albert Mathiez,
La réaction thermidorienne. Présentation de Yannick Bosc et Florence Gauthier.

Louis Ménard, *Prologue d'une révolution (fév.-juin 1848).* Présenté par Maurizio Gribaudi.

Jean-Yves Mollier, *Une autre histoire de l'édition française.*

Elfriede Müller & Alexander Ruoff, *Le polar français. Crime et histoire.*

Alain Naze, *Manifeste contre la normalisation gay*

Dolf Oehler, *Juin 1848, le spleen contre l'oubli. Baudelaire, Flaubert, Heine, Herzen, Marx.*

Ilan Pappé, *La guerre de 1948 en Palestine. Aux origines du conflit israélo-arabe.*

François Pardigon, *Épisodes des journées de juin 1848.*

Alexander Rabinowitch, *Les bolcheviks prennent le pouvoir. La révolution de 1917 à Petrograd.*

Jacques Rancière,
Le partage du sensible. Esthétique et politique.

Jacques Rancière,
Le destin des images.

Jacques Rancière,
La haine de la démocratie.

Jacques Rancière,
Le spectateur émancipé.

Jacques Rancière, *Moments politiques. Interventions 1977-2009.*

Jacques Rancière,
Les écarts du cinéma.

Jacques Rancière,
La leçon d'Althusser.

Jacques Rancière, *Le fil perdu. Essais sur la fiction moderne.*

Jacques Rancière, *En quel temps vivons-nous ? Conversation avec Eric hazan.*

Textes rassemblés par J. Rancière & A. Faure, *La parole ouvrière 1830-1851.*

Amnon Raz-Krakotzkin,
Exil et souveraineté. Judaïsme, sionisme et pensée binationale.

Tanya Reinhart,
Détruire la Palestine, ou comment terminer la guerre de 1948.

Tanya Reinhart,
L'héritage de Sharon. Détruire la Palestine, suite.

Mathieu Rigouste,
La domination policière. Une violence industrielle.

Robespierre,
Pour le bonheur et pour la liberté. Discours choisis.

Kristin Ross, *L'imaginaire de la Commune.*

Julie Roux, *Inévitablement (après l'école).*

Christian Ruby, *L'interruption. Jacques Rancière et le politique.*

Alain Rustenholz, *De la banlieue rouge au Grand Paris. D'Ivry à Clichy et de Saint-Ouen à Charenton.*

Gilles Sainati & Ulrich Schalchli, *La décadence sécuritaire.*

Julien Salingue, *La Palestine des ONG. Entre résistance et collaboration.*

Thierry Schaffauser, *Les luttes des putes.*

André Schiffrin, *L'édition sans éditeurs.*

André Schiffrin, *Le contrôle de la parole. L'édition sans éditeurs, suite.*

André Schiffrin, *L'argent et les mots.*

Ivan Segré, *Judaïsme et révolution.*

Ivan Segré, *Le manteau de Spinoza. Pour une éthique hors la Loi.*

Ella Shohat, *Le sionisme du point de vue de ses victimes juives. Les juifs orientaux en Israël.*

Eyal Sivan & Armelle Laborie, *Un boycott légitime. Pour le BDS universitaire et culturel d'Israël.*

Jean Stern, *Les patrons de la presse nationale. Tous mauvais.*

Marcello Tarì, *Autonomie ! Italie, les années 1970.*

N'gugi wa Thiong'o, *Décoloniser l'esprit.*

E.P. Thompson, *Temps, discipline du travail et capitalisme industriel.*

Tiqqun, *Théorie du Bloom.*

Tiqqun, *Contributions à la guerre en cours.*

Tiqqun, *Tout a failli, vive le communisme !*

Alberto Toscano, *Le fanatisme. Modes d'emploi.*

Enzo Traverso, *La violence nazie, une généalogie européenne.*

Enzo Traverso, *Le passé : modes d'emploi. Histoire, mémoire, politique.*

Louis-René Villermé, *La mortalité dans les divers quartiers de Paris.*

Sophie Wahnich, *La liberté ou la mort. Essai sur la Terreur et le terrorisme.*

Michel Warschawski (dir.), *La révolution sioniste est morte. Voix israéliennes contre l'occupation, 1967-2007.*

Michel Warschawski, *Programmer le désastre. La politique israélienne à l'œuvre.*

Eyal Weizman, *À travers les murs. L'architecture de la nouvelle guerre urbaine.*

Slavoj Žižek, *Mao. De la pratique et de la contradiction.*

Collectif, *Contre l'arbitraire du pouvoir. 12 propositions.*

Collectif, *Le livre : que faire ?*

Cet ouvrage a été achevé d'imprimer
par l'Imprimerie Floch à Mayenne
en février 2018.
Numéro d'impression : 92121.
Dépôt légal : 1er trimestre 2018.
Imprimé en France.